The Laughing Monsters

狂笑的野兽

Denis Johnson

[美] 丹尼斯·约翰逊 著

邹雨轩 译

上海译文出版社

目 录

第一章

自从我上次来弗里敦机场已经十一年了，但这儿依然一团糟。在这样的地方，你从欧式人造恒温机舱出来，一走上机场人员推来的舷梯，便踏入西非蒸腾的热浪之中。摆渡车不算太糟，但没有空调。

机场内照样挤满了一帮寻常的白痴。我仔细察看了每张反光的黑色面孔，没看到迈克尔的脸。

广播里有人说话。只有元音能传过来。我隔着排队的人群向服务台喊："刚才广播提到了奈尔先生吗？"

"没有，先生。没有。"服务台的男人喊回来。

"奈尔先生？"

"没人给这个名字留言。"

一个穿深色套装打领结的男人说："欢迎来到塞拉利昂，奈鹅先生"，然后陪我离开乱哄哄的航站楼，并在我过海关期间全程陪聊。这段时间不长，因为我只带了随身行李。他陪我走到机场外干净的白色轿车旁，是辆本田披露。"至于我呢，"他说，带着谄媚的微笑，"两百美元。"我给他几个一欧元的硬币。"可……先生，"他说，"这点钱可不够今天的，先生。"而我让他闭嘴。

本田司机试图敲我一大笔，我说："太贵了！"他看我会一点凯里奥语，脸耷拉下来。我们把价格谈到几十块。他不愿进一步降价，说是因为他的心已经碎了，为无良的超高油价而碎。

轮渡那边有状况——推着一车水果的女人，穿着天蓝色制服的警察们，警察把女人的货物扔进海里，女人尖叫得像警察们正把她的孩子溺于海中。直到我们的车颠簸着开上通道，三个警察才把她拽到路边。我下车走到栏杆边，吹着湿润的清风。岸边，警察们手臂交叉在胸前。他们中的一个把女人已经空了的推车踢翻。她来回踱步，尖叫。随着渡轮慢慢驶出海湾，这一幕变得越来越小。我穿过甲板注视向我们迎来的弗里敦，建筑成群，其中很多摇摇欲坠。这些建筑周围有众多人影裹着脏兮兮的破布在向某个鬼地方迈着沉重且疲惫的步伐，饥肠辘辘，弯腰驼背。

我在弗里敦码头认出了一个人，瘦得皮包骨的欧洲老家伙，霍斯特。他站在一辆出租车边，把手遮在眼前挡住夕阳，观察刚抵达的人。车路过他时我赶紧缩进座位并转开脸。开过他之后，我继续观察他，而他回到自己车上，没有搭载任何乘客。

霍斯特……他好像叫科索莫，但不是科索莫。里奥，罗洛。想不起来了。

我让艾莫尔，也就是司机，开去教皇利奥酒店。据我所知，那是唯一有稳定供电和游泳池的酒店。我们停在酒店雨篷下时，一辆车向我们迎面而来，转弯，打直，加速驶过。它的车窗贴着“辉煌驾校”的标志。这是商业化的痕迹，但我依然没有感受到所谓的新非洲。我把目光锁在一个年轻女孩身上，她在街上游荡，尝试用自己的肉体换些钱。她贫穷，肮脏，十分漂亮。我问艾莫尔有几个孩子。他说总共十个，不过死了六个。

艾莫尔尝试劝我换个酒店，理由是那个酒店已经“有失水准”了。但酒店内灯火通明，宽敞的大厅闻起来很干净，或者说有毒——取决于你对某些化学成分的看法，总之一切看起来还不错。我听说叛军和政府军在走廊爆发过一场枪战，但那已经是十年前，就在我逃离之后。目前看来已经全部修补好了。

酒店前台在没有预约的情况下帮我办理了入住手续，然后令我吃了一惊：

“奈尔先生，您有一条留言。”

不是来自迈克尔——而是酒店管理层，用紫色墨水写着欢迎我来到这个“解决您所有需求的地方”，字体精细优美。这封信的收信人是“相关人士”。上面用回形针别着一张纸，列有上网步骤。前台说目前没网，但不总这样。也许今晚会有。

我有一部诺基亚手机，我猜可以找个地方弄来一张本地 SIM 卡，但——前台说——这家酒店没有。就目前来看，我与世隔绝了。

也不错。我还没准备好与迈克尔·阿德力克相见。也许他就在这家酒店，就在我头顶上的某个房间，但据我所知，他还没有回到非洲大陆，也不愿意回来。他只是把我引诱到这里来，这是他为了好玩做出的不可理喻的尝试之一。

/

房间很小，同样透着一种“您害怕的东西，我们都已消灭”

的氛围。床看着还行。床头柜的碟子上立着一支白色蜡烛，旁边有个红蓝相间的火柴盒。

我从阿姆斯特丹飞来，途经伦敦希斯罗机场。只快一小时，我没感觉到时差，只觉得需要休整一下。我用凉水洗了把脸，放好行李，从黄色帆布电脑包中取出笔记本电脑，下楼去泳池边。

我在半途停下，让酒保给我来一杯双份威士忌，然后又在满是艺术感的植物与岩石包围的池边小桌上加了一份三明治和第二杯酒。

几张桌子以外，一个独自待着的女人双手相叠，把脸朝指尖低了低，然后微笑。我向她问好：

“身体还好吗？”

“身体不好，”她说，“身体需要你。”

我打开笔记本点亮屏幕：“今晚不行。”

她看起来一点也不像妓女。也许她只是正好在这里歇脚，觉得不妨抓住眼前出卖肉体的机会。这时，泳池边一群舞者和打击乐手就位，顾客们安静下来。突然，我闻到了海的味道。夜空黢黑，没有一颗星星。疯狂的鼓声响起。

我在离线状态下给缇娜写信：

我在弗里敦的教皇利奥酒店，目前还没有我们老朋友迈克尔的踪迹。

现在是晚上，我在泳池边的餐厅。这里有一个非洲舞蹈团，可能来自基西酋邦（看着像混迹街头的人），他们在做一系列倒下、点燃东西、疯狂打康佳鼓之类的动作。现在他们中的一个人有点像在强奸一堆燃烧的木棍，不过他依然穿着衣服，周围几桌观众在向他扔钱。此刻他把一捆燃烧的木棍抱在怀里，沿着泳池滚来滚去。那捆木棍有半人高，每根都在燃烧。我只是来找点吃喝，没想到能看到受虐纵火狂的表演。天哪，我亲爱的宝贝，我在一个非洲酒店看着火焰中的男人。我有点醉了，因为我觉得在西非，最好一直保持微醺。这样世界就柔软了，夜晚也柔软了。我正看着一个家伙——

霍斯特出现在花园对面，他穿过火光和烟雾向我走来。他是一个黝黑干练，一头白发，永远穿着口袋无数的钓鱼背心的白人，而且通常——现在我想起来了——爱穿白色鞋带的棕色步行鞋。但目前我看不清他穿了什么。

“洛兰！果然是你！这胡子我喜欢。”

“是我，先生。”我用法语承认。

“你在码头看到我了吗？我看到你了！”他落座，“有胡子显得庄重多了。”

我们互相给对方买了一轮酒。我夸酒保“很快嘛”，并给了他几欧元的小费。“员工效率很高啊，谁说这地方已经走下坡路了？”

“它已经不在索菲特旗下了。”

“现在是谁的？”

“总统，或者他身边的人。”

“那有什么问题？”

他指着我的设备："你在这上不了网。"

我向他举杯："所以说，霍斯特依然会来这儿。"

"我依然是这儿的常客。每年待六个月。但是这次之前我已经在家待了快一年，从去年十一月算起已经有十一个月了。"

表演太吵了。我调整了一会儿屏幕，把手指放回键盘上。我真无礼。但我本来就没邀请他坐下。

"我老婆病得厉害，"他说，然后他暂停了一秒，又加上了句"癌症晚期"，带着某种骄傲。

与此同时，就在两米外的泳池边，表演者点燃了自己的衣服。

我给缇娜写信：

我在前台办理入住手续时看到几个穿着古怪制服的美国军人。这是全城唯一在夜间供电的住所，一晚一百四十五美元。

对了——胡子不管用。这个伪装根本没效果，我已经被认出来了。

在鼓声和欢呼声中怎么聊天？可是，霍斯特仍然不放过我。他又买了几轮酒，聊他老婆的病……是时候提问了。他从迈克尔问起。

"什么？抱歉，什么？"

"我是说：迈克尔在这。"

"哪个迈克尔？"

“拜托！”

“迈克尔·阿德力克？”

“拜托！”

“你看见他了吗？在哪儿？”

“他在附近。”

“附近哪儿？该死。我说啊，霍斯特。这里已经是谎言的沃土了，我们还要再加上几个吗？”

“我没有亲眼见过他。”

“迈克尔来这儿做什么？”

“钻石。就这么简单。”

“钻石不再那么简单了。”

“好吧，但是我们追求的不是简单，洛兰。我们追求的是冒险。这对灵魂、思想和银行余额都有好处。”

“这年头钻石风险太大了。”

“难道你想偷运海洛因？毒品交易很可怕。它会毁掉国家的年轻人。而且它太便宜了，一公斤海洛因只能让你净赚六千美元。一公斤钻石却能让你当上国王。”

我给缇娜写：表演结束了。看起来他们都安然无恙。整个花园闻起来一股汽油味。

“你怎么看？”霍斯特问。

“我是这么认为的，霍斯特——我认为他们会出卖你。他们会把钻石卖给你，然后出卖你。你知道的，这里除了告密者什么都没有。”

也许他听进去了，因为他没有多说。我继续给缇娜写信：

我越来越醉了。跟我喝酒的混蛋以前是国际刑警的卧底。他现在看起来已经老得赚不到钱了，但他听起来还是像个警察。他叫我洛兰的样子像警察。

我可能在某个时刻问起过他的名字。埃尔莫？

霍斯特放弃了，我们继续喝。“以色列，”他告诉我，“有六枚装着核弹头的导弹从发射井上来了，目标是伊朗。等到下次美国大选——砰砰——德黑兰就完了。然后就是穆斯林风格的以牙还牙，我的朋友。到处都是辐射。”

“都说了好多年了。”

“你不会想回家的。十年内那里会变得像这里一样，一堆废墟。但我们这儿的废墟没有辐射。不过，你在用盖革计数器查过之前肯定不会相信我。”威士忌洗去了他的欧洲风度。他现在是一个白发红脸欢快淘气的食人族。

我们在大堂握手，互道晚安。“他们当然**乐意**出卖你。”他说着踮起脚尖，贴近我的左耳轻声说道：“所以你不要沿原路回去。”

/

之后我独自躺在黑暗中，把便携收音机贴在同一只耳朵上，用另一只耳朵候着酒店发电机启动的声音。一阵头痛袭来。我划亮一支难闻的火柴，点燃蜡烛，打开窗户。昆虫持续拍打纱窗太烦人，我不得不吹熄蜡烛。BBC报道说一场时速一百二十公里的巨大风暴席卷了弗吉尼亚州、西弗吉尼亚州以及俄亥俄州，三百万户家庭正在遭受供电中断之苦。

而在教皇利奥酒店，有电了。电视能用了。CCTV，也就是中国的有线电视台，正在用英语播放节目。我又回去听广播。

弗里敦的电话发出的也是英式的连续两声铃响。电话里的声音像从井底传来："有网了！"

有网了！——难免令人激动。笔记本就在床上，我身边。我继续敲键盘，加了一段附言给缇娜：

> 我从旅行账户上取钱了——五千美元。在这里信用卡不管用。二〇〇二年的汇率是每欧元换二百五十利昂，最大面额是一百利昂。你得用购物袋装钱，甚至有人用鞋盒。而现在他们想要美元，欧元也凑合。他们讨厌自己的货币。

我把邮件发出去，等了一会儿，网络又断了。

BBC在播《世界有话说》，这期主题很无聊。

酒店发电机停止运转，墙壁不再嗡鸣，一切回归黑暗，好在那之前我收到了缇娜简短的回复：

> 不要沿原路回去。

突然我想起来了。布鲁诺。布鲁诺·霍斯特。

/

那天凌晨三点左右我醒了，穿上了休闲裤、衬衫和拖鞋，用诺基亚手机的光照着，一路下了八层楼，来到忽明忽暗的大厅。一个人都没有。当我站在巨大阴影中微弱的烛光下时，灯忽然亮起，两部电梯的门打开又关闭，然后再次打开关闭。

我找到睡在桌上的夜班前台，让他去找之前我看到的那个女孩。我看着他穿过马路，走到女孩睡着的温暖柏油碎石路上。他看了看这边，又看了看那边，等了一会儿，最后用脚尖点了点她。

我乘电梯上楼。几分钟后，前台把女孩带到我的房间，然后自行离开。

“你可以随意用淋浴。”我对她说，她看起来很茫然。

十五岁，科特迪瓦人，一个英语单词都不认识，只会说法语。在灌木丛中出生，肚脐大得像核桃，脐带是某个阿姨或者姐姐在树枝和黏土搭就的小棚屋里系上的。

她冲了个澡，潮湿赤裸地走向我。

我很高兴她不懂英语。这样我就可以在她面前说任何我想说的话，我也确实这么做了。那些糟糕的话。那些你不能说出口的话。事后我带她下楼，并为她招来一辆出租车，仿佛她有地方可去。我为她关上车门，听到年老的司机在挂上挡之前已经开始骂她：“你是个坏女人，你是个妓女，可耻……”但她一句都听不懂。

/

我被一阵声音吵醒，那是保洁人员用扫帚拍打我阳台下过道的死苍蝇的声音。快六点时下过十五分钟的雨，把昆虫从天上击落。我随口管它们叫苍蝇，但它们似乎也像蟑螂。后来我在大堂问门房那是什么生物，他说："昆虫。"

迈克尔打过电话来，在前台留下一条留言。我问前台："为什么你不把他的电话接到我房间？"而那个年轻男人用指甲抠桌面，仔细检查他抠出的印记，就像忘记了这个问题，直到他终于说出"我不知道"。

迈克尔想在下午四点见到我。在斯坎隆。这已经很能说明他的情况了。

我在九点四十分晃悠到教皇酒店的饭店，还差二十分钟免费早餐就要结束，我是最后一个来的。餐厅员工挤在不锈钢菜盒前，用叉子把里面的东西拢到自己盘里。所以他们吃的就是这个，我想，拿起盘子出现在这儿就代表我要从某个人嘴里捞走一根肥滋滋的香肠。你这混血美国猪。我还盛了些炸土豆——被称作"爱尔兰土豆"——然后就饱了，但我还在吃，因为他们都在盯着我。在他们关心的注视下，我吃得一点渣都不剩。

现在是十月，白天大部分时间气温都在三十度左右，在阴影下不算难以忍受，空气总是很潮湿。此刻我们有一阵凉爽的海风，几朵飘在蓝天上的白云，以及到了中午会像滚烫的铁砧一样压向地面的惨白日光。除我以外唯一的顾客是一个看起来像美国人的年轻人。他穿着便服，手臂上文着维京人的头像。

来电了。美国乡村音乐从广播中涌出。我带着喝剩的半杯咖啡换到一张靠近电视的桌子，为了看中国电视台的新闻。但目前播放的是当地电视台，我只看到一条健力士的广告。广告里，一位兄长从成功的城市生活中回到了非洲丛林中的家。在一盏丛林中不可能出现的灯营造出的动情氛围下，哥哥与弟弟一同喝起了健力士啤酒。大城市哥哥递给丛林弟弟一张大巴车票："你准备好跟男人们一桌喝酒了吗？"弟弟带着感激和决心收下了车票，说："准备好了！"上帝般的画外音说道：

"健力士。向伟大进发。"

/

吃过早餐后，我把电脑包像婴儿背带一样绑在胸前出门了。汗浸透了衬衫，好在电脑包防水。

门口唯一一辆车敞着引擎盖。几个年轻人跨在他们的摩的上——也就是一种很小的摩托车，基本上只有90cc，用来载客。我选了一辆拳击手牌的车，中国品牌。"开拳击手的，你知道那个印度市场吗？大象市场？"

"大象！"他喊道，"我们走！"他拍了拍身后的座位，于是我上了车，我们向印度市场奔驰而去，驶过依然因为夜雨泥泞打滑的街道，跌跌撞撞地躲避车辙，躲避低洼，躲避行人，躲避自行车，躲避迎面而来、仿佛要将我们吞噬的货车头——我们一次又一次躲开了一切。在到达市场地标——印度教里智慧与火焰之神伽内什的壁画前时，我更真切地感受到自己活着，同时也觉得刚刚遭遇了一场谋杀。

这位象头神还是老样子，但迦尼萨市场有了新名字——“Y2K超级市场”。

“我在这儿等你。”我的驾驶员对我说。

“不用，就到这儿了。”我说，但我知道他会等。

我把“拳击手”留在门口，自己走侧门。这在黑话里似乎叫双门。

门外有一条满是商铺的小巷，但是我不知道自己在哪。我选了左边更宽的那条街，走过去，几乎被撞倒，被摩的撵到一边，又被自行车撵到另一边。我的节奏被这个环境打乱，现在既为来往的车辆懊恼，也为走路带来的闷热懊恼，而且，我迷路了。接下来的四十五分钟，我像无头苍蝇一样来回在无名的泥泞街道上奔走，直到终于找到那条想找的路，以及挂着“埃尔维斯影印店”招牌的小店。

三块太阳能板垫着草席铺在土路上，行人路过时需要绕开一大圈。招牌上还写着：“提供：影印，装订，打字，上塑，收据/发票簿，计算机培训服务。”

店里有个男人坐在桌前，被他用以维持生计的工具包围着——架着三脚架的相机、笨重的打印机、几台电脑——电源线都缠绕在一起。

他从失去了滚轮的皮转椅上起身，说："欢迎光临。有什么可以帮到您的？"接着他说，"啊！"仿佛吞下了一颗果核，"是洛兰·奈尔。"

眼前的是穆罕默德·卡隆。这不太可能。我又确认了一遍。

"埃尔维斯呢？"

"埃尔维斯？我不记得了。"

"但你记得我，我也记得你。"

他看起来悲伤，且害怕，但依然勉强地挤出了微笑。牙齿洁白，皮肤黝黑，眼白黄得不健康。他穿了一件白衬衫，棕色休闲裤上挂着一条反光的黑色塑料腰带，脚踏室内塑料拖鞋。

"这是什么情况，穆罕默德？你的店闻起来跟厕所似的。"

"你是来吵架的吗？"

我没有回答。

一切都在他脸上一览无余——在他的微笑中，在他的泪眼中。"我们现在是一边的了，洛兰。因为在和平时期，你知道的，只能有一边。"他为我打开了桌边的折叠椅，自己坐回了转椅。"我本该想到你在弗里敦。"

我没有坐。"为什么？"

"因为迈克尔·阿德力克在这。我看到他了。那个逃兵。"

"你说迈克尔是逃兵？"

"啊哈！"

"如果他算逃兵，那也叫我逃兵好了。"

"啊哈！"

我被激怒了，打算争辩。穆罕默德依然是个很好的审讯员。“听着，”我说，“迈克尔不是从什么塞拉利昂的部落或酋长国来的，他应该是乌干达人。所以说——如果他当时突然离开了这儿，也不算逃跑。”

“你就不能坐下说话吗？”

“布鲁诺·霍斯特在附近。”

“我也这么觉得。你不也在嘛。”

“他现在为哪个组织工作？”

“我怎么知道？”

“我不管你怎么知道。但你就是知道。”

“那洛兰·奈尔为谁工作？”

“叫我奈尔。奈尔来弗里敦完全是为了个人事务。另外，这里真是臭得不行。”

“你到底在为谁工作？”

我耸耸肩。

“任何人。像一贯那样。”他说。

我不喜欢用刑。我永远不会站在可怜的受审人深及脚踝的鲜血中……“我不理解你怎么会到这来，”我告诉他，“你这样是大错特错。”

“天哪！哪儿错了？”

“你玩得太脏了。”

笑容从穆罕默德脸上消失。“我仿佛听到一口锅在跟一把茶壶说‘你真黑’。你听过这个说法吗？”

他说得有道理。“好吧，”我说，“我俩都是黑的。”然后突然觉得有些好笑。

笑容又回到穆罕默德脸上：“奈尔，已经过去这么久，我不想一上来就跟你闹翻，说实在的——因为现在差不多到你请我吃午饭的时间了。”

“请你吃饭倒不是不行，”我说，“但先让我用一会儿你的电脑。”

“没有一台能用的。”

“楼下的电脑。”

“没有什么楼下。”他很不擅长说谎。我一直盯着他，直到他终于败下阵来。“他妈的！”

“我们来看看你衣柜里面有什么。”

“每天都有新惊喜！”他看起来像是刚吃了什么邪恶又美味的东西。“你是 NIIA① 的人？”

“就按程序走吧。”按程序走意味着让他一边待着别碍事。

他重新坐回去整理收据，发出一种愚蠢的、窃窃的欢笑声。我穿过他的店走向放拖把的隔间，门大敞着，隔间被用作厕所，里面有一个用木板盖住的泔水桶，旁边的地上躺着一卷棕色的纸。这就是店里臭味的来源。

我查看了钥匙串上验证器显示的密码，上面的八位数字每九十秒更换一次。我走进隔间，关好门，借助诺基亚的光挪开了后墙上的挡板，将数字输进墙上的密码锁，然后推开暗门走下金

① NATO Intelligence Interoperability Architecture的简写，北约情报、监视、侦察交互架构。（译者注，全书注释均为译者注。）

属楼梯。暗门在我身后自动关闭。

楼下亮着四盏灯。

这个地下密室我曾来过几次，那是很久以前的事了。它按美国标准建造，不算米而算英尺：长十尺，宽六尺，水泥墙高八尺，从暗门到密室地面一共十二级金属阶梯。一个装着大功率电源的铁笼被螺丝固定在水泥地上，同样的铁笼每面水泥墙上都有一只，里面装着电灯。一张桌子，一张椅子，都是金属材质，被螺丝固定在地上。桌上有两台电脑——比我们十几年前用过的要小得多。

我在桌前坐下，从包里拿出一个伪装成打火机的小工具。这个长得像U盘的玩意是北约特制的设备，自带计算程序。它真的可以打火。我把它举起来扫描眼球，接着把它插进旁边的机器里，然后开机，登录。我通过北约内网发送了一份“无事可报”——但我发送了两次，这么做是为了暗示缇娜她将在个人邮箱收到我的消息，好让缇娜在打开个人邮件时绕开军事算法。我们用的是PGP①加密技术。就像它的名字一样，这项技术能提供很好的保护。

我从NIIA登出，把自己的键盘连到主机上，通过一系列步骤建立了虚拟专用网，然后发送：

把3TimothyA文件发给我。用你的NEMCO密码。

此刻，除了我的呼吸声和三台小电扇的嗡鸣声，一切都很安

① PGP的全称为Pretty Good Protection。

静。电扇是为了给设备降温，而不是给人。我用手巾擦了擦脸和脖子，拿下手巾时它已经湿透了。我的呼吸越来越急促。诺基亚的屏幕显示现在刚过下午一点——也就是阿姆斯特丹的正午。我没有预留出迷路的时间，缇娜可能已经去吃午餐了。我为自己无法放缓呼吸而恼怒。

还好缇娜就在她桌前，准备就绪。我发："我可以接收那些放荡的照片了。"

两分钟不到，完事。

我知道刚才发生的事可能会给我俩招致无期徒刑，但我们中只有一个人知道这一点。像任何情报领域的人一样，缇娜什么都不问。而且，她爱我。

我回到埃尔维斯影印店，把背包紧紧拴在胸前，仿佛里面存了什么宝贝。其实不然，真正的宝贝存在我裤腰缝的 U 盘里。

穆罕默德在他的破椅子上等我，刻意把视线投向另一个方向。

"吃饭去吧。"我说。

/

我们在街尾的帕拉迪吃饭，挺像样的一间印度餐厅。

九十年代末和之后几年，在这个地方还对媒体有吸引力时，卡隆是美联社的特约记者兼中央情报局的线人。后来中央情报局把他调进了塞拉利昂的情报机构，让他从最肮脏不堪的地方收集信息，为此他害过很多人。现在他在北约找到了工作。

我承认，中央情报局曾经雇佣过穆罕默德·卡隆是我的推测，仅仅因为我灵敏的嗅觉对某种特殊气味有反应。告密者都有一股臭味。

我让卡隆为我们俩点菜，自己去了男洗手间。我悄悄锁上门，从衬衫口袋拿出护照，又从裤腰缝中取出U盘。我迫不及待地要转移它。很没出息——但目前的情况太过陌生。

通常我都把护照放在一个塑封袋里随身携带。我把护照从塑封袋里拿出来，把U盘放进去，用塑封袋紧紧裹住U盘，为它找一个藏身之处。

有两个马桶嵌在地板上，都自带冲水踏板。我仔细检查四面墙上的瓷砖，摆弄了一下镜子，手指沿着窗框摸索。然后我尝试把两个马桶中间隔板的支柱抬起来，其中有一根可以从地面拔起。我用手指在洞里划开一个凹槽，把小包裹扔进去，又把支柱放回去遮住洞口。

为真实起见，我踩下其中一个马桶的踏板。没有水冲出来。而另外一个则溅湿了我的鞋。我在水池前洗了手，回到穆罕默德·卡隆身边。

整个午餐我们几乎什么都没谈，除了我直截了当地问他："现在是什么情况？"而他回答："迈克尔·阿德力克有情况。"

/

反正无处可去，我提前一小时到了斯坎隆，相对其他更好的酒店，它更靠近弗里敦市中心。在这个区域还吸引记者的时候，很多记者会投宿在这，一栋四层小楼，始终笼罩于弥漫的柴油烟雾中，要是遇上气候干燥，四周还会尘土飞扬。

酒店大门内静默而昏暗——抱歉先生，现在没电——却挤满了人。大堂中间站着一个人，穿着两件套皇家紫丝绒慢跑服，体形健硕，长着一颗子弹形状的巧克力色光头。他对着白毛巾粗暴响亮地擤鼻涕时，这颗头就这样甩来甩去。周围的人要么盯着他看，要么努力不看他。这就是迈克尔·阿德力克。

我向迈克尔走去，迈克尔把毛巾叠好披在肩上。虽然我们原本就约好一小时后在此见面，但我的出现在某种程度上似乎挫败了他，他对我说的第一句话是“怎么着啦”。迈克尔经常这么说，这句话可以代表一切。笼统的翻译是“真该死”。

“谢谢你去机场接我。”

“我真的在那儿！你当时去哪儿了？每个下飞机的人我都看过了，但没有看到你。我发誓！”他总是撒谎。

他伸出巨大的手轻轻握了一下我的手，还打了个响指。

“看在老天的分上，奈尔，你胡子都花白了！”

“但我的头发还是像乌鸦一样黑。”

“乌鸦有胡子吗？”他重新掌控住局面。“我喜欢你的胡子。”在我能够阻止他以前，他已经伸手碰到了我的胡子。“你多大了？”

“离四十太近，不想提。”

“三十九？”

“三十八。”

“跟我一样！不，等等。我三十七。”

“你三十六。”

“你是对的，”他说，“我从什么时候开始不算年龄了？”

“迈克尔，你有美国口音。真不敢相信。”

“我也不敢相信你蓄着一脸可爱的胡子来热带。”

“马上就要没了。”

“我的口音也一样。”他说，接着转身对侍者说我听不懂的纯正凯里奥语，但我隐约感觉到我们中至少有一个人会吃到鸡肉三明治。

我问侍者这里有没有理发师，他摇摇头告诉我：“这里没有这样的人。”

我问迈克尔：“你还随身带着剃须刀吗？”

迈克尔抚着光头大笑：“我永远仪表整洁。把三明治送到我房间，”他对侍者说，“二三〇号房。”

“我知道您的房间。”侍者说。

“来吧，奈尔。我们用剃刀把它刮下来。你会感觉更年轻的。来吧，来吧。”迈克尔往前走，他没有转身，只是偏过头对侍者喊：“还要拿瓶水来！”迈克尔在向后看时撞上了一个令人瞩目的女人——非裔，浅色皮肤——这女人似乎刻意放慢了脚步，在我看来，仿佛是刻意促成这次相撞。他低头看向她，说：“怎么着啦”。很明显他们是朋友，而且不只是朋友。

她很美，而且年轻，看上去大学毕业没多久，我对此一点也不惊讶。这样的女人很容易被迈克尔吸引，也很容易离开他。

她穿着救援套装或是狩猎套装，一身卡其色工装裤和钓鱼背心，还有轻便结实的徒步鞋。因为这身打扮，我看错了她。对，就是这样——我根据她的衣服对她有了预判，而我的预判错了。但是第一印象太强烈了。

迈克尔看起来对她有些不满。“突然一下所有人都来了。”

“不会待太久——我打算四处看看。”她听起来像美国人。

“去哪儿看看？”他在笑，但他不喜欢她这样做。

“我在找明信片。”

我说：“你得去教皇找。”

“是的，教皇利奥酒店，”迈克尔解释道，“但那太远了。”

“好吧，我坐车去。”

迈克尔叹了口气。

“别噘嘴，”她说，“我一小时后就回来。”

“等等。这是我的朋友洛兰·奈尔。这是达维迪亚·圣克莱尔。”

“又是朋友？每个人都是他的朋友。”达维迪亚·圣克莱尔对我说，“他说你叫奥林？”

“我的名字叫洛兰，但我从来不用。请叫我的姓，奈尔。”

“奈尔好多了。”迈克尔告诉她，“更锋利。你看，”他继续说，“在教皇，你可以做点美甲之类的打发一下时间，然后我们在巴瓦奇见面一起吃晚餐——早点吃吧，下午六点。我们应该互相熟悉熟悉，毕竟奈尔是我最好的朋友。”

我说：“他救了我的命。”

“当真？”她用法语说，扬起眉毛。

迈克尔用法语回答：“是真的。”

“不止一次。”我说。

“三次。”

“他每次都确保我能活下来。”我说。他的女人看了我一眼——那表情仿佛在说我解释通了她的某种困惑，但我自己却不明白。我说：“你是科特迪瓦人吗？”

她被我的问题逗笑了。“谁？我？”

“我这么问是因为你说了法语。”

“说着玩的。我是个科罗拉多姑娘。”

“我也是半个美国人。”我说着，向她伸出手。她将两根手指搭在我手腕上，盯着我的脸，似乎在测量她的触碰对我产生了什么效用。我承认，她的触碰让我心潮澎湃，如同一首颂歌。她直直看进我的眼底，说，“你好。”

然后是：“再见。”

/

在二三〇房间我注意到一个看起来不符合迈克尔风格的圆筒包，但并没有那个名叫达维迪亚的女人睡在这里的确凿证据。

迈克尔来回拨弄墙上的开关：“还是没电！”他走到梳妆台前，打开抽屉，回来时拿着一根大约一米长的编织皮鞭，末梢打上了结。他握住皮鞭的把手，抽出了一支匕首。“没人知道我有刀！”

“但是，迈克尔——别人会知道你有鞭子。”

“好吧，可以让他们多少知道一点。这样才算公平。看它多锋利。我可以用它来给你刮胡子。”

“还是用你的剃须刀吧，拜托。”

我站在水池前，凭着透过小窗的微弱光线用完迈克尔电动剃须刀里的最后一点电。迈克尔在刷牙，他手中牙刷的尾端挂着一只吊在蛛丝上来回晃动的小蜘蛛。

水杯里插着另一只牙刷，还有一管面霜，以及两种不同的止汗露。“再告诉我一遍你朋友的名字。”

他把牙膏泡沫吐进池里：“我有一百万个朋友。”像个美国人似的。“听着！”他喊道，“洛兰·奈尔才是那个突然冒出来的人。”他继续刷牙——边刷牙边说话，嘴里满是泡沫：“你有白胡子了，却没有白头发。”

“跟你待几天应该就会有了。”我对他镜中的映像说，它与我的映像并肩站在一起。

我是斯堪的纳维亚人，但有着乌黑的头发和灰色的眼眸，或者说蓝色，视光线而定。如果打算通过外表给人们留下深刻印象，我会远离阳光，让苍白皮肤与黑色鬈发互相映衬。但我喜欢让阳光洒在脸上，即便是在热带。

迈克尔五官英俊，干脆利落的鹰钩鼻、高颧骨、宽阔而好奇的双眼——看起来像埃塞俄比亚模特——至于他的嘴唇，我说不上来。你得观察他很多天，才能逮住一个机会观察他闭上的嘴。永远在笑，说起话来没完没了。他体形健硕庞大，但有种尖锐的气质。你明白我的意思：不是恶棍，但——依然致命。我没有见过他害人性命，但二〇〇四年在喀布尔—坎大哈公路上，有人朝我们射击，于是他让我趴低，自己翻到了山的另一边，随后我听到更多枪声，接着很快什么声音都没了。他从山那边回来，说："我刚才杀了两个人。"然后我们继续赶路。

一次，他给我看了张照片。照片上的小男孩长着迈克尔·阿德力克的脸，他的手被握在一个男人手里，迈克尔说这是他父亲。从迈克尔父亲的相貌中能看出明显的阿拉伯血统，至于迈克尔——好吧，这就像咖啡里的一点奶油，对我而言几乎不存在，但对他的非洲同胞而言十分明显。他常常在介绍我时向他们声称我是他哥哥。至少在我看来，他的说法从来没被怀疑过。

迈克尔使劲刷牙，蜘蛛吊在蛛丝上甩动。他冲了冲牙刷，蜘蛛被冲走了。

现在他看着我梳头。我想这令他着迷，因为他秃了。他大笑："你的虚荣没有让你看起来更迷人，反而让你显得很空虚。"就在这时，吸顶灯闪了几下亮起来。"来电了，看看新闻吧。"

他坐上床，一边猛按遥控器上的按钮一边把遥控器朝电视戳，仿佛这样可以把信号扔过去。"新闻，新闻，新闻。"半岛电视台在播放体育节目。球赛比分。他最后停在了尼日利亚台，那个台似乎在播业余歌唱比赛，接着他解开一尘不染的红色跑鞋的鞋带，把鞋踢到一边，开始按摩自己的双脚，一手一只。明黄色的袜子。

"迈克尔——"

迈克尔对着电视笑。

“迈克尔，你该把你的计划告诉我了。你联系上我，把我弄到这儿来——”

“是你联系的我！你说，最近怎么样，我说，来塞拉利昂，我给你展示我的计划。”

“别给我展示，跟我说。”

但他的注意力已经不在我这儿了。他盯着电视屏幕，半张着嘴，手紧紧握着他的脚。又是健力士的广告，两兄弟，一张离开丛林的大巴车票……借由啤酒酝酿出的能量，这位大城市的哥哥将自己的弟弟从一个他们无法理解的诅咒中解救出来，并肩向文明世界前行。迈克尔的双眼闪着泪光，紧闭双唇，拉开嘴角扯出一个微笑。我经常看到他泪流满面——这就是前奏。有东西触动了他。兄弟互助，向伟大进发。迈克尔被感动了。迈克尔哭了。

广告一结束他就窜进洗手间，去水池泼了把凉水到脸上，又用毛巾擤了把鼻涕才重新出现在门口。

“我的计划是这样的：我已经是一个全新的人了。我打算做一个全新的人会做的事。”

他站在房间的中央，伸出双臂向我许诺一个未来。“你想要计划？我只会给你结果。你会像国王一样。在海边的基地上，有五十个拿着AK的壮汉保护你，村民们有什么事都来找你。他们带着自己的女儿，十二岁的处女——奈尔，这些女孩儿没有艾滋。你每晚都能换个新的。你将会有五百人的民兵队伍。你肯定喜欢。到了晚上他们一起跳舞，燃起巨大的篝火，一个魔法师把他们的手臂拽得像蟒蛇一样长，把他们变成各种各样的动物，还有鼓声，还有赤裸的舞者，这些都是你的，奈尔！我们都想要，这就是我们想要的。你知道这些都在这儿，除了这儿，地球上没有哪个地方能让我们得到这些。”

“这片混乱，绝望之地——”

“我们要选个易守难攻的地方。选个山谷吧，选个出口狭窄的——比较利于防御——然后占地为王，就像罗兹①在罗得西亚那样——”

“难以相信我能听到一个黑人这样说。”

“让那些政客来巴结我们吧。每隔四年我们都会刺杀总统。”

“同一个总统？”

“这是任期限制！我们才是幕后控制一切的人。”

“多少拿着 AK 的人来着？”

“我说了多少个？一千个。奈尔，等周日我开着摩托艇来，带你看看你的私人海滩。我们的孩子会一起玩耍，我们的老婆会被养得胖胖的。我们一起下棋，一起筹谋。”

“你不下棋。”

“你都七年没见过我了。”

“老弟——你不下棋。”

他看着我，受伤的表情在他脸上一览无余。“所以才必须是你。

① 塞西尔·约翰·罗兹（1853—1902），英裔南非商人，矿业大亨与政治家。罗兹是英国帝国主义的拥戴者，从属于他的不列颠南非公司在当时控制了今日的津巴布韦及赞比亚地区，并在境内成立了以其命名的罗得西亚殖民地。

你才是懂这些游戏的人。”

“也是你的游戏，不是吗？”

“只能是你的。”

我说：“最好不是关于钻石的。”

“不是钻石。这次不是。这次是金属和矿物。”

“钻石难道不是矿物？”

“所以我根本没法好好说话，”迈克尔说，“你总像个资深审问员一样死咬细节。”

“抱歉。那么，是黄金吗？”

“我可以这么告诉你：不要碰这里的黄金，除非我说可以。这里的黄金都是假的。你一看见所谓的金条就会明白我在说什么——但当他们给你看的时候，你已经置身于一个暗无天日的地方，被一群坏人包围。”

“我会等你的信号。”

他在我身旁坐下，把手搭上我肩膀。“我希望你能理解我。我已经把事情从头到尾计划好了。而且，奈尔——计划的结局惊人地美妙。我有没有跟你提到我救过加纳总统一命的事？”

他坐得离我这么近时我总觉得不自在，但这不过是非洲风俗。我说：“迈克尔，那个女孩是谁？你们俩什么关系？”

“她是美国人。”

“这个她自己已经跟我说过了。”

“我听到她跟你说了。”

“她是谁，迈克尔？”

“你会知道的。”

这就是迈克尔的风格，他令人厌烦、一成不变的风格。信息如同洋葱，只能一层层剥开。

“你怎么样？现在用什么护照？”

“加纳。”他说，但他看起来为此不快，“加纳永远会欢迎我。”

我耸肩卸下迈克尔沉重的手，站起来。“迈克尔式废话我听够了。去喝一杯吧。”

“下午四点之前，”他说，“我只喝瓶装水。”

“有句话说得好，总有地方是下午四点。”我看了眼手机，“实际上，就是这儿。”

“我臭死了！出去吧，我洗个澡。”

我认真地看着迈克尔——“最后一个问题：刚果的黄金怎么样？”

“奈尔！——你比我领先太多了。”

“如果我真的领先于你，我就会知道自己为什么在弗里敦，而不是在刚果，明明黄金都在那儿。”

“重点是你来了这里，却不知道为什么。”

“我知道为什么。”

“但你不知道我为什么叫你来。我还没解释你就来了。”

“你只会对我撒谎，迈克尔。”

“也许吧，安全起见。是的。这是为了让你一路安全。但我们是朋友，我们不会欺骗彼此的。”

他是这样相信的。

/

刚到电梯，走廊灯就灭了。我走了楼梯。前台，大厅，餐厅都点着蜡烛。吧台有燃烧的煤油味、古龙水味和人类体味混杂的恶臭。黑暗中有声音——笑声——烛光映照下的微笑。我点了杯马提尼，味道还挺像那么回事。

缇娜萦绕在我脑海。我灌下手上这杯，又点了一杯。

为什么我不直接在阿姆斯特丹把东西装进U盘里，以免让缇娜被牵扯进来呢？那么做明明很简单——就现在看来。但当初我被派来弗里敦执行NIIA的任务，不知道上面的人在最后一刻会如何审查我。任何情况都有可能，包括有可能被机场安保叫到一边，让我面对几个戴着橡胶手套的NIIA工作人员。因为害怕这些搜查，我让缇娜做了替罪羊。

只要喝光第二杯酒，吃下第二颗橄榄——一切都会好起来的，真的。很多人在盯梢，但没人真的意识到在发生什么。需要费很大力气才能唤起人们的好奇心。北约、联合国、英国、美国——都是面无表情、巧言令色、官僚主义的人间地狱。它们疯狂，它们盲目，它们漫不经心。它们都不在乎，什么都不在乎。

我本可以一开始就想到这一切，但我是个懦夫，而且我受不了独自生活在深渊里。于是，在不知情的情况下，缇娜陪着我住进了深渊。

也许回去之后我和缇娜就会结婚，在我找联系人卖掉货物赚到足够度好几次蜜月的钱之后。还要在我完成目前的任务之后——报告迈克尔·阿德力克的行踪，并在可能的情况下弄清他的意图。

/

第三杯马提尼喝到一半的时候，我听到迈克尔的声音出现在大厅——“我的三明治呢？”

侍者跟上来。“马上就送到房间，先生。”

“送来吧台，好吗？”

他坐在我身边的高脚凳上，点了一杯健力士。我说：“真的吗？健力士？”

“健力士对你有好处。我们找个清净的地方坐。”

我带着剩下的马提尼坐到他选的卡座。再喝两口，我就能好好对付他了。

“快告诉我，米格尔①。要么你说，要么我走。”

“我就是来告诉你的，”他说，“这不正说着吗？”但他唯一用嘴做的事不过是喝下灌进嘴里的啤酒。

“这地方简直像个垃圾场。怎么不去教皇利奥？”

“那里有太多人认识我了。”

“懂了。你没钱了。”

---

① 迈克尔的昵称。

“我在省钱。这有什么见不得人的吗？”

“这很烦人。”

“为什么要自寻烦恼？这跟你有关系吗？”

“如果我们一起做生意，这就跟我有关，因为我最终也得住进这个破地方。我不可能来回跑。”

“那是你的选择，奈尔。怪不了我。”

“我是不是在跟你一起做生意？”

“那同样是你的选择。”

我深吸了一口气，从一数到五。然后大声叹了口气。“那个女孩呢？她也和我们一起吗？”

“我是在科罗拉多遇见她的。”

“恭喜。”

“谢谢，我很幸运。”

“她是谁？”

“你会知道的。”打火机点亮了整个房间，一伙白人中有人点了根烟。迈克尔没有看向那边，只是用下巴指了指那个方向，表情阴鸷。“你说，这些人是谁？”

“飞行员。俄罗斯人。他们为包机公司工作。”

“他们看起来不像普通飞行员。他们都很年轻，很健壮。他们中怎么连一个有啤酒肚的都没有？你看他们的发型——统一的。”

“好吧，你说得对。他们是谁？”

迈克尔突然站起来走到他们桌前。他说了些什么，他们回复了。迈克尔回来了，叼着一根没点燃的香烟坐下。“这根是乐富门，”他说，“澳大利亚的。”

“你还在抽烟？”

“偶尔吧。都是有分寸的。”他拿起我们间的蜡烛点燃他的乐富门，后仰着朝我头顶上方吞云吐雾。“奈尔，有人在跟踪我。”

“是这些人？”

“任何人都有可能。”

“你现在有麻烦吗？目前情况如何？”

“我早晚会告诉你的。”

“别闹了！老天！”我成了全场最大声的人。我压低音调，向前逼近他的脸：“我指望你跟大人物打交道。倒腾资金。跟政府合作。你懂吗？正规勾当，而不是走私犯罪、私吞救援、侵吞石油收入那一类的。钱啊，迈克尔，钱。不是些鸡零狗碎。”

“别说这么狠的话，老兄。来日方长，还会有很多发展。先享受当下吧。”他把香烟摁灭在烛台上，看着远方陷入沉默。

跟他在一起的时候得小心。一旦感情受到伤害，迈克尔会把一切叫停。

我等他缓过来，这从来都要不了多久。

“我们七年没见了，奈尔。我已经三十六了。我变了，我不一样了。我现在是个全新的人。”他全身转向我，双手握拳放在桌上，仿佛这是他焕然一新的证据。“四年前，我离开阿富汗，在北卡罗来纳州的布拉格堡训练了两年，然后我去了科罗拉多州的卡森堡。我在卡森堡当教官，训练一些其他国家来的人，通常是南美人，有时也有中东人。他们不能离开军事基地，只要我还是国际小组培训队的一员，我也得一直待在那儿。当然，在训练国际小组的间歇，我可以穿便服进城。在基地的时候我穿美军军装，戴中士军衔，但我不是美军的正式成员。”

侍者端来一盘三明治。迈克尔没有理会他。侍者把三明治放到桌上。迈克尔也没有理会三明治。

“他们答应给我美国永久居留权，奈尔。他们撒谎了。他们说我会成为美国公民。他们撒谎了。他们说我可以作为军官加入美国军队，尽情发挥我的天赋。他们撒谎了。”

他等待着回应。我什么都没说。房间里那群白人像俄罗斯人一样喝酒。他们笑起来也像俄罗斯人。

“听我说，奈尔。我可以为你造炸弹。五分钟就好，我甚至不用离开这儿。你只需要给我火柴、圣诞彩灯和糖。我可以在一公里之外打中一个人。我做到过。我有勇气，有纪律，可我得到的回报只不过是做一个被雇佣的暴徒。一个打手，一个小卒，一颗说谎机器上的螺丝钉。”

“是。看来我们都变老了，也都变聪明了。我差不多也是这样想的。”

“我仔细考虑了每一个改变处境的机会，而我已经选定了最好的那个。”

“跟我说一点你的计划吧。随便什么都行。”

“首先，”他说，“我们要去乌干达，我要举办婚礼。”

“呃，老天。我是应该觉得恍然大悟，还是更加困惑？”

“对了，我订婚了。”

“不是第一次了。”

“但这是最后一次。我告诉过你——我已经不是从前的我了。”

“所以我来就是为了这个？没别的事了？”

“我们最好把事情保持在需要了解的范围内，其他的一步步来。奈尔，拜托，你得信任我。记得吧——之前有一两次我们不是赚了很多钱吗？”

“对曾经二十多岁的我们而言是很多钱。但现在我们都长大了。我们需要真正地变富有。难道你想让我满足于那些小钱？”

“我不是让你满足于小钱。”他环抱着健力士酒瓶，搜肠刮肚地寻找合适的词汇，“我可以承诺你：我们会有钱的。”

他眼神坚定。我相信了他。或者说，至少我累了，厌倦了怀疑带来的挣扎。“挺好的。”我回答。

“那么好，我们走吧。我们跟我的未婚妻一起吃晚餐去。”

我们从座位上起身时，我打量着这群可能是俄罗斯人的白人——这回是迈克尔让我这么做的——他们每个人都还算年轻，气质不错，打理得当。我听到其中一个人说：“哥们喜欢这玩艺儿吧！”

迈克尔没吃他的三明治。我喝干了杯里的酒，接受这一切。毕竟这是我的工作。

/

我们刚在巴瓦奇点完酒水——我们来早了，达维迪亚还没到——迈克尔就开始斗嘴：“谁先联系谁的？”

“我有你在卡森堡的地址，所以肯定是你先联系我的，否则我不会知道你在哪儿。”

“是是是——但后来我俩已经一年多不联系了，我却在八月初收到一封你的信，从卡森堡转寄过来的。”

“转寄到了哪里？”

“所以我回复了你，我说：‘到美丽的塞拉利昂来吧！’”

“也许这次算是我先联系你的。这重要吗？”

“一切都很重要。”

从这里塞满欧洲人的情况来看，我们应该能吃到不错的食物。这是一个宽敞的印度餐厅，坐落在小城的外围，有带茅草屋顶的开放式设计。海滩上时常有清凉的海风，涛声轻抚耳畔。潮湿的白沙滩很细腻，像食盐。再过十五分钟，天就会黑得什么都看不清。

迈克尔的疑心遍及每个人。他指着吧台旁的一个中年欧洲佬。“CIA。我知道他。”

“我只能看到他的背影。”

“他以前是蒙罗维亚大使馆骨干人员中的头领。我是那时认识他的。”

“你？什么时候？”

“在查尔斯·泰勒①还控制着东边的时候。”

---

① 查尔斯·泰勒（Charles McArthur Ghankay Taylor，1948— ），利比里亚前总统，军事领导人，独裁者。查尔斯·泰勒曾于1997年至2003年间任第22任利比里亚总统。在1990年代初的利比里亚内战时他是非洲最知名的军阀之一。

“你那时候——十三岁？十二岁？”

他的脸阴云密布。“你不了解我的人生。”

瞬息之间，黑夜接替了白昼，我们周围一切声音都在十秒内安静下来。几百米之外就是城市的楼群，但没有一道光从这个断电的城市中照射出来。虚空中的哀嚎与其说来自喇叭和发动机，不如说来自人们和他们豢养的绝望动物。与此同时，服务员挨个点燃每张餐桌上的玻璃油灯筒。

餐馆人员刚安顿好一切，达维迪亚·圣克莱尔就出场了，苗条，优雅，穿着一条非洲长裙。她有所有迈克尔的女人都有的那种气场。迈克尔不跟没有这种气场的女人在一起。即使在第三世界他都能找到这样的女人，在秀场，在摄影棚，在外交晚宴上，甚至在教堂。人们的视线始终追随着她，仿佛她用双手把它们拢在身后。

为了起身迎接她，我撞倒了椅子。迈克尔稳稳坐着，伸腿用脚尖接住了椅子，让我得以在椅子砸到地板之前重新将它摆正。

她大笑。“真是场好戏。”

“为了致敬你的裙子。”迈克尔说。我为她拉开椅子，迈克尔补上：“奈尔会为你拉椅子。”

“这是刚从教皇利奥的商店买的，它来自蒂西奥山谷。”她向我们展示这条裙子，转向这边又转向那边。这条裙子大部分是白色，有花朵图案，大概是红色——在烛光下难以分辨——长至脚踝，无袖，低胸，柔软贴身。我注意到——所有人都注意到——她的手臂和双手，她从凉鞋中露出的脚背，还有脚趾。她放下购物袋，坐下，微笑。

“它几乎像你一样美。”迈克尔握住她的双手，靠近她，“多美的眼睛。造物主是怎么将这么巨大的眼睛放进你漂亮的脸蛋里的？他们得先把你的头骨煮软，眼窝扩大，才能把这对美丽的眼睛塞进去。”

我猜他是想让她难堪。她不受影响。“谢谢你，很棒的赞美。”

达维迪亚留着短发，几乎是那种天生的鬈发，但不是从头到尾一簇簇紧紧卷在一起，而是舒展的大卷。她中等身高，与其说妩媚性感不如说优雅迷人。她长着一张我会称之为典型西非人的脸，宽脸宽鼻，性感、可爱、丰满的双唇，柔和的下颌线条，孩童般的双眼，她从深邃的大眼睛后面打量这个世界，带着某种与童稚的坦诚相异的东西。

迈克尔为我们点了菜，什么都点了一些，谁都不可能吃完那么多。两位年轻侍者争相为我们桌服务——具体说来是为达维迪亚服务——带着凶猛的敌意。达维迪亚似乎习以为常。

尽管她很引人注目，但她有一种无所拘束、少女般的气质。我惊讶地了解到她为了去政策研究所工作而中断了博士课程，更惊讶的是，她又为迈克尔·阿德力克中断了这一切。我数了数，这是迈克尔向我介绍的第四个未婚妻。他没有要她们嫁给他，他只是要她们跟他订婚。

我和迈克尔在晚餐时都很健谈——我们争相炫耀，大概就像我们桌的侍者一样。迈克尔从他脑海中的不实信息库中贡献了一条不实信息：“奈尔有家人在南卡罗来纳州。”

“佐治亚州，”我说，“是佐治亚州的亚特兰大。”

“家人？”

“除了父亲和我，其他人都在。”

“他父亲是瑞士人。”

“是丹麦人，”我说，“我有一半丹麦血统。”

迈克尔又想插嘴，但是达维迪亚阻止他：“安静，迈克尔。”然后继续，“我似乎从来没遇到过来自丹麦的人。”

“丹麦是一个容易被误解的国度。我甚至不确定自己是否了解它。”

“我不懂你的意思。”她说。

“你跟迈克尔怎么认识的——这我能问吗？”

“我们在卡森堡认识的。”

“你在军中服役吗？”

“没有。”

“好吧。”

迈克尔说：“二〇〇一年，我在这里遇见奈尔的时候，他还在为北约工作。”

“北约？这儿？这里不算北大西洋啊。”

“9·11两周后北约就派人来了。”我解释。

“你现在还在为他们工作吗？你现在是做什么的？”

我从钱包里取出一张名片递给她。“预算和财会。”

“‘技术合作伙伴’是谁？”

“我们为想与公共机关合作大型项目的公司做数据分析。具体说来只在欧盟。我们还不算全球化。都是些无聊的事，但我能经常到处跑。”

迈克尔说：“我们认识那会儿，奈尔在为 NIIA 工作。”

她静静等着，直到我向她解释：“北约情报、监视、侦察交互架构。”

“一个奸细！”

“已经没人用‘奸细’这个词了。”

“我就用了。”

“不管怎么说，我都不是。我发消息都是用简单的英语。只需要拿项目进度跟原计划做些比较，好让他们根据项目进度来修订计划表，每个周末都能回家休息。”

“是什么项目？”

“无聊的项目。”

“奈尔当时在做的事跟为中央情报局铺设光纤电缆有关。”

“北约不跟中情局打交道。”我说。

“你往地下铺的是美国的东西，别想骗我。”

“当时我只不过是像个傻子一样在塞拉利昂闲晃。”

“而那之后，”迈克尔继续说，“就去了阿富汗。”

“我在那儿也像个傻子。”

“这个我可以作证，”他告诉达维迪亚，“我跟他分开一年后又在贾拉拉巴德找到他，当时他开着一辆从联合国偷来的车。”

“你们这些人！”她说。

“我当时太幼稚了。还以为自己是斯托达特上校①之类的人。”

“斯托达特?”

迈克尔说:“他在阿富汗被砍头了。”

“在十九世纪。”我说，以驱散她的震惊。

“噢，斯托达特——是的——”

“三十五岁。几乎跟我一样!”迈克尔说。

“澄清一下,”我说,“是迈克尔开着那辆偷来的车。”

“联合国那帮人一天到晚缩在他们喀布尔的基地里喝大酒，放任别人偷他们的设备。”

“你在那儿也是弄光缆吗?”

“不是。”

“没人意识到,”迈克尔说,“但是美军有自己的网络。他们在世界范围内都有自己独立的电缆系统。而且到处都有通信地堡。”

“地堡? 像防空洞那样?”

“技术安全屋,”我说,“建在西非的这些安全屋估计已经烂在土里了。没人在乎这里。”

达维迪亚在喝红酒，我个人不推荐，但她想来点意大利风味的东西，而且她似乎挺喜欢。每次她抿一小口，我和迈克尔都会停下聊天看着她。

“迈克尔,”她说,“你从来没说过你在阿富汗做过什么。”

“迈克尔是我的保镖。”

---

① 查尔斯·斯托达特上校(Colonel Charles Stoddart, 1806—1842),英国军官和外交官，大博弈时期英国著名的中亚特工。

他不悦。“我在那儿有很多任务。我押送了很多囚犯。”

“那现在呢，就现在，”我问，“我们现在的任务是什么？有人能告诉我一下吗，我们是来办婚礼的？”

达维迪亚说：“是的。”

“所以，迈克尔，这次旅行跟生意无关。”

“可是，既然在旅行——我们可以张大鼻孔，仔细寻找生意的气味。”

达维迪亚笑了，我说：“这话说得有问题。但我知道你的意思了。”

迈克尔说：“达维迪亚会穿着纯金的婚鞋结婚，而且她此生都会拥有它们。”

“这些符合你要求吗？”

达维迪亚只是说：“是的。”

“我们真的要去乌干达吗？”

迈克尔说：“我们下周飞去恩德培，对吧？你能来吗？因为乌干达的人很擅长举办婚礼。我希望那是一个双重婚礼。”

“你想要两个老婆？”

“认真点！两个新郎两个新娘。我告诉达维迪亚你订婚了。”

“快要订婚了。”我说。

“我们不也一样吗！”达维迪亚说，“她是做什么的？”

“她是律师，在阿姆斯特丹为北约工作——实际上是为你们这样的人。为美国人工作。”

“奈尔是在喀布尔遇见她的。”迈克尔说。

“他这次倒是说对了。但我跟缇娜当时没有进一步发展，仅仅是认识。她当时是联合国的检察官，迈克尔和我都算是认识她。”

“算是？她不是迈克尔的女人吧，是吗？”

“你觉得谁都是我女朋友。我像是有无限的时间做爱吗？”

“我正是这么想的。”

“在联合国之前，”我说，“她是底特律的检察官。有次她参加毒品突击检查，佩了机关枪。”

“所以她是个危险的女人。她美吗？”

“美，但作为美人来说，她有点太聪明了。她尽量让自己显得不起眼，我喜欢她这样。”

达维迪亚对迈克尔说：“如果可以，你恨不得让我全裸游行给所有人看。”

“全裸，但别忘了穿性感的恨天高。反正你身材好，好好炫耀一下。”

“有时候，”她说，“你有张小男孩一样迫不及待的脸。”说完就笑了。她有点微醺。我希望她会做点傻事，那种会破坏她美好形象的事。她发现我在看她。“你说话听起来一点乔治亚的味道都没有，你在那儿待过多久？”

“很短。我父亲在欧洲把我养大，大部分时候在瑞士。我觉得他没有监护权——应该是把我偷过去的。”

“他还活着吗？”

“父母都健在。”

“你经常见美国的家人吗？”

这是我通常想要回避的问题，但我发现自己想要让她知道。“我八岁之后就跟母亲和她那边的家人失去联系了。”

“但你，你——”她有些慌乱，“你会见到你爸，对吗？”

“我们时不时会见面。他也住在阿姆斯特丹。”

迈克尔盯着我：“这些事我从没听你说过。”

达维迪亚对他说：“也许是因为你说的比听的多。”语气中带着爱慕。我以为有关我的谈话告一段落，但她依然在问——“你父亲是什么行业的？”

“他是一家教学医院的医生。换句话来说，比起医生更多是老师。恐怕他不太正常。”

“那你母亲呢？”

“就像我说过的——没联系了。我选择相信她过得挺好。”

“那我也相信。”她说。

这时一个裹着破布的乞丐从黑暗中走来，在地上用白粉笔快速地写下：菲洛·科隆先生/杂技博士。他端着一盘米原地翻跟头，一粒都没撒。然后他重复了这一招，这次换成一杯水，依然没洒。

员工，客人，在场所有人都无视他，但达维迪亚说：“迈克尔，给他点钱吧。”

迈克尔只给了他一个怒视，说：“别鼓励这种人。”

达维迪亚微笑地看着杂技演员的双眼，或者说其中一只眼——另一只被疤痕封住了——这鼓励了杂技演员开口，确切地说是用一些嘎吱嘎吱的怪声表达自己的想法，他好像失去了一部分声带。“有时候感觉似乎先知就在这儿。”他对达维迪亚说，在她面前跪下，触碰她的手，为自己传达信息的强度而颤抖。“先知本人，就在此地，他绕过那栋房子的角落，看，就在那儿，灰尘因他大氅的挥动而飞扬。”说完后，科隆博士心满意足地带着自己的粉笔消失在黑暗中。一位服务员很快拿来抹布抹掉了他的头衔和姓名。

/

后来，我们在餐馆前叫计程车。达维迪亚拉着我的胳膊问：“检察官在阿富汗做什么呢？”

“你是说缇娜？什么都做。当时正是阿富汗刚被入侵之后，在一小段时间里联合国是那里唯一的法律。她主要负责针对妇女的犯罪。”

“她曾是迈克尔的女人吗？”

“你嫉妒了？”

“你呢？”

“听着，不管他以前的女人什么样——你跟她们都不一样。”

“谢谢你。”她说，然后轻快地吻了我的嘴。

迈克尔说：“我们要带这家伙上床吗？”

“我打赌他不会介意的。”

“看看你做了什么，奈尔——你替我让她准备好了。”

我看着他们上车，道了晚安。我醉了，漫天繁星提供的光亮足以让我沿着海滩漫步回去。海浪微小的起伏酿出急促而呢喃的节奏。月亮尚未升起。偶尔有一群闪着磷光的飞鱼从黑暗的海浪里蜂拥而上。

教皇离巴瓦奇大约一公里，我抵达时酒还没醒。我希望可以睡个一夜无梦的好觉，可惜没那么幸运。

断电了，大厅一片昏黑。夜班员工在门边的海绵椅上打盹。我叫醒他，他递来我的钥匙和对折的纸条，上面手写道：

我周二错过你了。——H

这意味着我明天下午，也就是周四，要去谈谈U盘里的内容怎么卖。我将会与我的联系人哈米德在巴瓦奇相见——假装是巧合，就像我们几个礼拜前在阿姆斯特丹设计好的那样。

我三步并作两步跨上楼梯，猛然且不幸地清醒了。我把便携吊床支在阳台，躺下享受海风，直到凌晨下起雨才回到房间。我点燃蜡烛，打开笔记本电脑。没有网。我在离线状态中给缇娜写信——

我今晚有点倒霉。我想你，甚至有时候会想你的老猫，还有她那巨丑无比的狗妹妹。我倒还不太思念你的房东太太——她的名字是什么？林普太太？——但很可能在回家之前我也会开始想她。

刚吃了一点三明治，已经干巴巴的了。才刚刚从包装里拿出来两分钟。这该死的气候，除了面包什么都干不了，这倒霉的该死的……

——然后在注意到哭腔之后猛敲删除键。

/

天一亮我就从教皇利奥退房，搬到斯坎隆的三楼。从这里，几乎跺跺地板就能震动楼下迈克尔二三〇号房间的天花板。但即使他就在房间里我也不会叫醒他。我近来已经受够迈克尔·阿德力克了，即使我才抵达非洲大陆三十六小时。

我站在房间，思考在不知道要待多久的情况下应该拿出多少行李，最后决定把所有东西都拿出来透透气——

房门被推开时我吓了一跳。我还没有用插在锁里的钥匙上锁。

经理站在门口。矮小，敦实，阿拉伯人。他看起来和我一样震惊。“我在找环卫工。”他说。

我唯一能想到的回复是：“你是说清洁工？”

“是的，就是这样。”

“她不在这。”

他关上门离开了。

我决定不拿出所有东西，只拿了干净袜子和内裤，把其他的留在行李箱里。

我心中的一个小人对另一个小人说，他想偷你的行李，而另一个小人说，别神经过敏，人都会犯错，第一个小人说，无论如何，我的朋友，他已经让你自言自语了。

/

“人生苦短。”迈克尔总这么说，当他这么说的时候，脸上会带着恐惧。因为他真的懂这句话，也真的在表达这个意思——此生将很快结束。

迈克尔是一个战士，一个骑士。面对高层的命令，他假装服从。我们其他人则活得像乡绅，像农户。

——所以我的报告也许会这么说，我的第二份，也是最后一份从弗里敦发出的报告。也许还会说：

> 对他而言，这个世界由软地、硬地和凹陷组成，只不过是相异的地形而已，他在其中谋生，只偶尔停下来吃、喝、拉、撒、做爱和处理伤口。
>
> 迈克尔认为自己是卡科瓦人，和伊迪·阿明·达达①同宗，他的故事这样的：阿明流亡后，卡科瓦人遭到了残忍的报复，还是个孩子的迈克尔被带到坎帕拉，一群善良的基督教传教士养育了他。但传教士们不会把一个部落里的孩子从

① 伊迪·阿明·达达（Idi Amin Dada，1925—2003），第三任乌干达总统，夺权后进行恐怖统治。

村里带走并送去城市上学。真实情况更可能是他被一群犯罪团伙绑架，在街头靠当童妓活了下来。

他自称高中毕业，但我猜他初一都没读过。他加入了乌干达军队，进了军校，在能够接受军事任务前被分配到一个南非奥兰治河畔的特殊训练营，这是以色列特工——有时他说是217部队，有时说是摩萨德——给他进行恐怖行动战术指导的地方。

是真是假，这重要吗？迈克尔的真相只存活于谜团中，一旦纠结于事实和细节，它就消亡了。

你们，作为我的上级，也许以为我来非洲与他会合是因为你们的派遣，你们错了。我来是因为我爱这片混乱。无政府。疯狂。一切都在分崩离析。迈克尔只是我回来的借口。

而如果迈克尔以为我想要的是军队和成群的妻妾，他也错了。我不想像国王一样生活——我只想活着。光靠我自己无法做到。我准备好了一切原料，但还需要巫师来搅动那口大锅。我需要迈克尔。

——我的报告本该这么写。

至于真正要发的那份报告，我在埃尔维斯影印店的地下室很快就打完了。灯光穿过铁笼投下的十字阴影，水泥墙令人窒息的麝香味，还有关于穆罕默德·卡隆在我头顶踮着脚走来走去的想象，都让我无法安心写上一份详尽的长文。我写道：

我已建立联系。很快将换地方。四十八到七十二小时之内提供细节。

“今天没午餐。”从地下室走上来时我对穆罕默德说，离走下去只隔了五分钟。

他已经从那张所谓的椅子上起身：“我已经吃过午餐了。今晚一起吃晚餐怎么样？我有消息要告诉你。”

“晚餐？不行。现在就告诉我。”

“好吧，”他明显失望了，“我要向你解释一下。迈克尔·阿德力克曾经为驻扎在刚果东部的美军特种部队效力。你知道吧，那里有个部队在追击圣主抵抗军。”

“我听说过。”

“这次他没有请假就离开了——我当时叫他逃兵是因为这件事。”

“行吧。”我说。

所以我报告时也可以提到迈克尔·阿德力克用他的神秘莫测与羞涩在我的问题前构筑了一道屏障，尤其是我的第一个问题：如果我们的目标是刚果或者乌干达，我们究竟在塞拉利昂做什么？

现在有答案了，穆罕默德·卡隆给出了答案。迈克尔是在逃跑路上来到这里的，他大概乐意去任何一个愿意接受他那加纳护照的目的地。弗里敦是个不错的选择。在这里，什么事都有可能发生。叛徒和逃兵可以在你眼前消失。

穆罕默德说：“我们约在教皇吃晚餐吧。”

“走到半路你就会说：‘何必吃一顿这么贵的？把现金给我就好。’”

“呃，当然——我不介意用一点现金代替。”

我给了他一沓半英寸厚的利昂纸币——几乎一文不值，而后走入了正午难以忍受的热浪中。

在离埃尔维斯影印店半个街区的地方，一个有发电机和卫星信号的人正出租他的电脑。于是我坐在折叠椅上，遮阳伞下，在这个废木料搭就的售卖亭边从网上找到了一篇路透社报道。报道的最后一段写道：

> 据五角大楼的知情人士透露，有约一百位特种部队队员负责圣主抵抗军任务。知情人士拒绝透露将由哪支部队负责，但科罗拉多州斯普林斯《公报》提到将被派遣的是科罗拉多州卡森堡的第十特种部队。这支部队主要负责欧洲和非洲的特别任务。

酷热难耐，但我依然走到了斯坎隆。我很生气。并非像之前那样生迈克尔的气，而是气穆罕默德，这样更容易办到。

沿途我在象牙塔酒店停下，为了跟那些满口胡话难以捉摸的西非男人谈谈。他们假装在管理那堆醉醺醺的俄国飞行员飞的航班。我们需要求助于这帮俄国人，因为正规航空公司不会在我们没有乌干达签证的情况下带我们入境，即使乌干达会把签证发给所有抵达恩德培的人——迈克尔是这样保证的。我询问费用和时间表。这些经理们似乎无法理解我为什么需要知道这些。我展露出欧洲白人那种痛苦的、饱经折磨的微笑，这是唯一可以代替杀人的办法。最终，他们向我透露了价格和时间。迈克尔、达维迪亚和我会离开这里，在四十八小时之内。

/

下午三点，我又一次来到巴瓦奇。人不多，餐厅里很安静。起初我以为联络人还没到，当注意到小圆桌上的男人时——他桌上什么都没放，只有一副墨镜——我还以为他一定是别的什么人，因为我只见过他穿商务正装的模样。但他确实是哈米德，那个我在阿姆斯特丹联络过几次的人。

他招手叫我，我坐到他那一桌。他给我的印象是正值中年，追求舒适。他穿着白色亚麻宽袍，比起欧式更偏阿拉伯式，只不过他的双眼并非棕色，而是一种褪色的灰。他在看劳力士指挥官系列腕表时会把袖子往后拉。他戴了六只镶着宝石的戒指，一边三只。

“完全准时。”

他递给我一张假名片，我也将我的递给他。

“你想吃点什么吗？”他问，“零食之类的？”

“不用，谢谢。你点单了吗？”

“跟我一起喝杯茶怎么样？”

“如果你还没有点——”

“还没。”

“很好。我们去海滩边走走吧？”

“没人听得见。我们可以在这说。”

“我在室内会紧张。”我说。

“拜托，别这样。快告诉我你手上有什么。”

“你知道我有什么。”

“我想知道我要买的是什么。”

“我们出去走走。我不喜欢待在这儿。”我希望我们可以离开公众的视线，因为我不太确定他听完我接下来的话之后会给出什么反应，“可以吗？”

他叹了口气，然后拿起墨镜。

我也戴上墨镜，然后我们一起走出屋檐，走入持续的热风中，炽热的阳光灼烧着我们的头皮。隔着凉鞋底我都能感觉到沙滩的灼热。整片视野中只有两个同谋者的身影，我们看起来大概像两个策划恶作剧的坏蛋。

在我们快到水边时他停住脚步：“好了，在我们中风、脱水或有什么别的差池之前——你手里到底有什么？”

“就是之前说过我有的那些东西。美军在整整七个西非国家的光纤电缆地图。马里是其中之一。而且我还有十二个 NIIA 技术安全屋的卫星定位。”我好像还补上了一句，包括埃尔维斯影印店地下的那个安全屋。

“你确定有马里？”

“马里。是的，百分之百。”

马里是最近的热点。足以让他买账。他已经迫不及待了。

“让我把丑话说在前头，”他说，“请别介意：你知道售卖虚假产品的人会有什么下场吗？”

“我猜会被暗杀。”

“你的猜测很准确。”

“我不担心。绝对保真。”

“怎么把货物交给我？”

“按一个键就好。我把信息都存好了。”

“我们可以完全在网上完成？”

“是的，你不需要拿到实物。”

“你依然只接受现金吗？”

“没错，只收现金。”

“然后价格是两万美元。”

“不，”我说，“不是两万。不再是了。”

到了我不喜欢的部分。

他准备反驳，又止住了。他一定在心里从一数到十。“我不明白你在说什么。”

“价格不再是两万美元。对你而言，你不需要从自己腰包里掏钱——我们可以成为合作伙伴。”

“什么样的合作伙伴？”

“我们作为合作伙伴平分你这次生意的利润。我提供货物，你提供客人。”

他以一种很难看的方式抿住嘴，用舌头发出尖利的噪音。“完全无法接受。”他抬起墨镜。“你在想什么？你对我的生意一无所知。”

“我想我知道。这片大洲到处都是中国人，他们出价高得离谱。如果不是卖给中国人，那你就是个白痴。”

他把墨镜放回眼前。“我不喜欢这种谈话。你太咄咄逼人。还在针对我。”

“我的确态度强硬，但这只是为了生意。不是针对你。我意思是中国人会为好东西花很多钱。这是件好事。”

“已经说好的。两万美元。已经说好的。”

“现在情况变了。我们说的是合作关系。这是一件能带来长远收益的优秀产品。非常长远。永远不会有人发现这些材料丢失了。”

他再次咂了咂舌，转头走回餐厅，留我一人在岸边。

十几米外，他背对着我偏过头大喊：“你这个骗子！”然后再也没有回头。

我脑中一片轰鸣。在这场没有规则的游戏中加价无疑是大胆之举，但怎样算大胆，怎样算愚蠢？

我看了一眼他的名片。创意制作 / 电影与网络 / 哈米德 · 费舍 / 常务董事。

在阿姆斯特丹他用的是另一个姓，但也叫哈米德。他很健谈，开朗，还算有趣。我们曾一起看过英文版的《猎杀本 · 拉登》，一部好莱坞动作片。看完电影后哈米德开起了这位伟大烈士的玩笑。“对我的黎巴嫩亲戚而言这部电影肯定不好笑，”他说，“但，关我什么事呢？我母亲是法国人，我继父也是。我在马赛长大，我是法国人。法国是个快乐的国度。黎巴嫩已经变成了垃圾。”——就像我说的，健谈。今天，在弗里敦，我们谁也没有开玩笑。

我给他足够的时间自己走远，如果那是他想要的，然后我穿过餐厅走向门外的汽车。哈米德坐在餐厅门边一张餐桌上，面前放着一只杯子和一个盘子。我走向大门，没有看他。

“等一等，等一等。行了吧。”他招手唤我过去，我再次与他坐到一起。他手里握着一支笔：“你是个骗子，我该怎么相信你？”

“你会得到一个样本，这个样本足以让你们明白它对任何监听电缆的人来说都是一个持续的情报来源。”

“他们有什么办法来检测到这种监听？”

“没什么办法，除非在这十年内有过升级。但并没有。”

“把我的名片给我，麻烦你。”

“既然你这么说的话。”

“你可能会想联系我。”他舔了舔钢笔尖，把名片拿过去了一会儿，再次递过来时名片的空白面写上了一行邮件地址。域名是“.UK”。“如果你想履行原协议的话。”他补充。

“好的。”

“不要用二十五。”

他指的是AES-25加密标准，美国通用。“当然不会。”我说。

“而且每隔十五个字就换一个代理。”

“当然。可以用英文吧？”

“英文，法文，荷兰文。都随便。但是用词要谨慎——不要用敏感词。”

我从笔记本撕下一页，借来他的钢笔。“这是我的邮箱。也许我们可以交换意见然后达成共识。”

他视线停留在我的邮箱地址上，但并没有读。我等着。“好吧。”他说，“有什么坏处呢？考虑考虑你的开价，之后再告诉我。”

我有些得意，心想：当然，他不可能放弃这个交易。毕竟有马里。

“把样本发给我，”他说，“也许我会考虑，我只能承诺这些。但你可以相信我的承诺，因为让我告诉你吧——”他说，“我不是骗子。”

在这样的情况下收尾，我没有提出与他握手道别。我又去了海滩。那里的热度与我的血液相同，都在跃动，都在沸腾。我沿着海岸线走到前方其他餐馆，那里聚集着出租车。

我脱下凉鞋，在浅滩打湿双脚，看大海潮起潮落，倾听它的叹息。

这里的海是温暖的，像浴池。水是深色的，不太蓝，更像是黑色，一种璀璨的黑。

你涉水而前，直到无路可走。你继续泅游，直到耗尽力气。然后它将你带走。

/

昆塞特屋[①]外的桌子就是那些醉醺醺的俄国飞行员管理他们

---

① 一种超轻组装式半桶形金属建筑。

包机航线的地方——整个公司只有一架飞机，小型通勤喷气式飞机。跟我们打交道的是一个利昂小伙，他的英语很流利。在他拿着迈克尔护照的时候，我趁机偷瞄了一眼。达维迪亚也在偷看——既看了我的，也看了迈克尔的。“美国护照。”我跟她说，“我也有丹麦护照，但我从来不用。”达维迪亚是美国人。

达维迪亚穿着她的游猎套装，而迈克尔穿着一套全是褶子的西装和一双灰色的蛇皮靴。他的外套乍看像粉色，细看其实是缀有红色细纹的白亚麻。

迈克尔取回自己的护照后将它递给我看，那是一本皱巴巴的加纳护照。“跟你说过了，我救过加纳总统。”

“好几次。保守来说，”我把护照还给他，“你的护照还有不到两个月就过期了，迈克尔。”

“别担心。我在乌干达有家人，在刚果也有。总会有地方要我的，我可以申请新护照。”

我们不在弗里敦机场，而是在城市最东边、紧邻大海的一个简易机场。我们将要坐上的那架飞机在高高的草丛中等待。我问那个小伙：“这是一架庞巴迪挑战者，对吗？丹麦皇家空军用来做货机的那种。”

“不是的，”他答道，“这是 600 型，一九八二年就停产了。”

达维迪亚用手挡住阳光，眯眼望过去：“你的意思是这已经是三十年前的飞机了？”

“你现在看着的这架还要老几年。但它是架很好的飞机，只要不超载。”

迈克尔说："奈尔——还记得俄罗斯航空公司吗？战争期间那条弗里敦—蒙罗维亚航线？什么航空来着？——俄罗斯什么的？"

"不是个航空公司。是个编外包机航线，就像这个一样。"

"他们是唯一够胆飞去蒙罗维亚的。"

"你是说够疯狂吧。最后他们坠机了，不是吗？"

"是的，但不是在往来蒙罗维亚的时候。当时那架飞机从秘密会合点起飞离开，载满了加工过的铀。"

这位工作人员表示反对。"这个说法没有经过证实，实际上，可以说非常偏离事实。"

"你在坠机现场吗？"迈克问，"如果你在那，你当时才五岁。"

"加工铀？"达维迪亚问，"你是说浓缩铀？"

"完全正确。那架超载的飞机装满了从特尼克斯偷来的 HEU。"

"HEU？"达维迪亚问，"HEU 是什么？特尼克斯又是谁？"她好像是在问我，我摇摇头，于是她又问："飞机是在哪儿坠落的？"

"这就是最美妙的部分。"迈克尔说。

"飞机从来没被找到，"工作人员说，"但事实是，飞机上只有一些无关紧要的货物。"

"铀 -235？你管那叫无关紧要？"可迈克尔很难指望别人听取他的意见，穿着细条纹西装的他看起来像黑帮成员。

我有了一个猜测："高浓缩铀①。"

"飞机上没有那种东西。"工作人员又说了一遍。从他的表情

---

① 原文为Highly Enriched Uranium。

来看，他似乎非常讨厌迈克尔。

一旦走上跑道，你就会发现跑道非常明显，红色的尘土隐藏在沙茅草丛之下。

飞机只有在所有座位都售空后才会走，否则俄罗斯人会推迟航班，所以所谓的“每周航班”从来不是每周都飞。我们跟另外几十个乘客——非洲人，印度人，阿拉伯人，还有几个欧洲白人——一起等在航站边，那是一个锈迹斑斑敞着门的集装箱，里面除了排成一排的四个座位以外什么都没有。没人会坐进去，里面散发着触目惊心的热气。云层笼罩着天空，但天空依然晃眼，海面反射着刺眼的光芒，所以也无法看着海面。

一辆白色的本田披露在昆塞特屋前停下，没人下车。我认出了后座的乘客。我对迈克尔说：“看那边，布鲁诺·霍斯特。”

“布鲁诺，正好在我们离开的时候出现。好吧——这可不是开玩笑的！”

“我看不清那个坐在副驾的家伙，但我觉得肯定是穆罕默德·卡隆。”

我向他们招手，只有司机回应了。我也认出了司机。那是艾莫尔，也就是我到弗里敦第一天时载我去教皇利奥酒店的出租司机。

无论我接触过什么，他们都紧随其后。

工作人员宣布航班即刻起飞。其他人在收拾行李，我握着手机走到海边，在被海水拦住无路可走的地方打开设备挑出 SIM 卡，将它弹进海浪中。如果北约情报部门在追踪它，就让他们追吧。

我又想了想，其实连手机也不想要。于是我许了个愿，然后用最大的力气把它远远扔进海里。我想要一套魔法防具，以及隐身的能力。

我重新回到人群中。在我们登机时，一位穿着军绿制服的年轻人手握探测器沿着乘客的轮廓挥动，在引起探测器报警的部分来回摩擦——只针对男人。他没碰女人。我们沿着由从废旧大巴回收来的金属焊接成的拥挤舷梯爬上飞机。我们前面是一个非常虚弱的人，一个病重到失去性别，失去颜色，失去重量的非洲人，像一匹布一样被两个年轻人扛在肩上。“回家等死的。”迈克尔说。

我坐在舷窗边，可以看到机翼和一侧的喷气式引擎。迈克尔和达维迪亚坐在我后排隔着一条过道的地方。引擎发动之后，其中一位机组人员——我猜总共有两位——一个穿着牛仔裤、白T恤和人字拖的金发男人从驾驶舱走到过道，说：“用英语可以吗？好，让我们试试看。我来讲讲这架飞机的安全须知。大家都把安全带系上了吗？想系就系，我不是你妈。那么好的，”他说，“这趟航班共计十六个半小时，在阿克拉的科托卡国际机场停一次，然后在雅温得再停一次，最后一站是恩德培。如果要去加纳或者喀麦隆，你最好是有这两个地方的签证。如果你没有乌干达的签证，没关系，机场可以帮你办，不会太麻烦。无论你的目的地是哪里，你都可以做好心理准备，海关很严格。他们对我们的乘客总是很严格，或许有点过于严格了。”他挥手跟大家告别，重新回到驾驶舱，锁上门，任伏特加的气息飘在身后。

我在弗里敦待了五天却什么都没搞明白——除了我本可以一开始直接去乌干达。

飞机从海上起飞，做了一个令人头晕的急转，然后俯在地上飞，低到压弯了草丛。我们因此得以近距离观察北向的高速公路，留下关于弗里敦的最后一张快照：路上发生了一起交通事故——一个农民边说话边双手做手势，脚下躺着一只尚在抽搐的鲜血淋漓的山羊，一辆车敞开着四扇车门，后窗贴着一块招牌——“辉煌驾校”。

第二章

我们顺利地在恩德培机场拿到了乌干达签证。航班漫长而颠簸，在途中两次停靠期间，我们都只能被困于令人窒息的机舱中，每次都得在与热带黑暗相匹配的高温中煎熬两个多小时，就我自己而言，我不太确定自己是否还活着，感觉自己在通向无意识状态的途中进入了一片中间领域，而那之后，在恩德培海关、航站楼到出租车的一系列顺利体验则令我的感受更加混乱。我觉得我们应该回到海关那重新检查签证章。迈克尔说："我们这儿的人不喜欢多余的麻烦。这不是西非，放轻松。"他把我们带到车里，达维迪亚一上车就把头靠在迈克尔肩上睡着了，我们向床驶去。凉爽的空气穿过驾驶座车窗吹拂到我们脸上——真凉爽。来自维多利亚湖的风吧，我猜。

拜迈克尔的预算所赐，我们住在行政套房酒店，一个几面墙上歪歪扭扭却相当用心地挂着旧货店油画的地方，一个"提供住宿和早餐的地方"——按迈克尔的话说——离湖和真正的酒店相隔两公里。为了找到一张没坏的床，我在这家"酒店"唯一的楼层中察看了十四个房间。我们来得太晚，已经错过早餐。

我将这天的大部分时间花在了往返于泥泞小路上——为了找台新手机，很快就找到了，又是诺基亚。我在一个叫做"信念企业"的便利店外的小桌上吃了顿迟来的午餐，然后充上话费给迈克尔发短信："这是我的新手机。你们吃午餐不用带我。我在桌上吃鸡肉，而鸡就在我脚边散步。"

之后我在深度睡眠中被迈克尔吵醒，他拍着我的门大喊："奈尔，必须得吃晚餐。"

我醒了三秒，觉得已经准备好面对新的冒险，几乎已经要下床——然而再次醒来时我又忘记了自己在哪儿。

我看了一眼新手机。已经是一小时之后。圣歌在窗外的空气中缭绕，附近有会众在做礼拜，然后广播传出难以听懂的布道回响。传教结束时我已经洗好了冷水澡，意识到自己在恩德培，以及这是一个周日。

我在一个露天餐厅的白色餐桌旁找到了迈克尔和达维迪亚。他们在一堆吃剩的晚餐中相拥而坐、耳鬓厮磨，晚餐是意大利面，可能来自一个罐头。我不饿。这对快乐的恋人对着酒瓶喝尼罗河啤酒，而我点了橘子汽水。迈克尔说，我们从弗里敦向东南行驶了大约五千公里，降落在赤道以北五公里、乌干达首都坎帕拉以南二十公里、月亮神山和尼罗河源头以东三百公里的地方，现在海拔大约一千二百米，温度大致不超过三十摄氏度，我们最好把手表往前调到晚上八时四十二分，因为在向东飞行时我们损失了一小时。紧接着，伴着酒保收录机里马文·盖伊和塔米·泰瑞尔的歌声，他用清澈甜美的男高音向自己的未婚妻唱了大半首《爱无畏山高》。

我过去让酒保把收录机关掉，并且教他如何调伏特加马提尼，然后快速地喝下了一杯，也可能是两杯。

当我端着一杯酒重新回到同伴身边时，迈克尔说：“我正在向达维迪亚解释——我们明天将去北边的纽瓦达山脉。反正是那个方向，向北。史丹利爵士以前在那里探险过，为了找尼罗河的源头。”

“这只是冰山一角。”我说。我知道最近我喝得比这辈子任何时候都要多。在这块地界上，不用什么东西麻痹住头脑，我就无法放轻松和做自己。

“我的村落在那里，”他告诉我们，“在纽瓦达山脉上能看到。”接着他说：“最近有灵魂在与我交流。有什么东西或什么人在联系我。嘿，我说真的。这是我祖先的灵魂，我们村落的灵魂。”

“什么村？我以为你是那什么——你到底是什么人，迈克尔？背井离乡的刚果人。”

“正是。背井离乡的刚果人。但现在，”他说，“我要回归故里了。”他抓起达维迪亚的手臂，仿佛要将她拿给我作见证，“她也会一起去，因为我要跟她结婚。我要带她去见我的父母。”

“我记得你父母去世了。”

“不是血缘上的父母，其他的父母。整个村落就是一个大家庭，每个人都是我的父亲母亲兄弟姐妹。如果感觉对了，我们就在那儿结婚。”

达维迪亚说：“等等——如果感觉对了？”

“如果你受到欢迎的话。我保证你会受欢迎的。新娘总是受欢迎，除非她来自一个专门偷东西的氏族。”

“然后我就是你的伴郎。”我说。

“差不多。”

“但愿没人会把我做成菜吃掉。”

“人们不懂，”迈克尔说，他可能是认真的，“被吃是对你力量的赞颂。”

几个妓女进了餐厅，坐另一张桌。

收录机重新播放。我劝迈克尔和达维迪亚试试酒保调的马提尼。他们俩都喝了几杯，然后相拥起舞。在喝酒间隙我们听到一只青蛙在唱歌，它的声音像鸭子，态度坚决的鸭子。

“我一开始就知道，”我说，“刚果。我就知道。”

“不是刚果，不，不一定。”

达维迪亚问：“现在你可以告诉我们到底要去哪儿了吗？你的族人到底在哪里？”

“他们在一场复仇中被分散了。我的族人被连根拔起，散落各处。但他们重新聚集了起来，搬到了新的地方。”

“具体在哪儿？”

“在哪儿？离阿鲁阿很近，在这个国家的西北角。”

“乌干达。”

“正是我们在吃晚餐的这个国家，乌干达。”

“不是刚果。”我说。

“不是刚果。”

“那我们怎么过去？”

“我们从坎帕拉坐大巴过去。”

“拜托！我们坐飞机去。”我说。

“必须坐大巴。你很容易就能想到原因。”

“原因是什么？”达维迪亚说。

他的原因是霍斯特还有穆罕默德·卡隆。如果国际刑警出于某种原因在追踪我们，他们会查看所有从恩德培出发的飞机的明细。我明白这个逻辑，但我不喜欢这个结论。

“这样你就可以看到乡村风光了。”他对达维迪亚说。

“好！就大巴了！”她答。

“阿鲁阿是伊迪·阿明·达达的出生地。”迈克尔告诉我们。“每到三月人们都会庆祝他的诞生。”

“什么？你是说整个城市？”

“只是一伙人。但没人阻止他们。”

大巴……出于对我们的同情，我没有笑。“所以我们爬上车，”我说，“然后离开这。”

“是的，后天。你能跟我一起吗？”

“当然。我喝得够醉了。”

“好。继续醉下去。”

“你呢？”我问达维迪亚，“你够醉了吗？”

“我够爱他。”

一圈幽幽的辉光围绕着她，隐秘的生命力令空气升温。她令我饥饿。我渴望感受她的呼吸。

那些夜店女郎中有一个戴着金色大波浪假发，像被巧克力酱包裹的玛丽莲·梦露……酒保没有跟她们说话，她们也没有点任何东西，她们只是看着我，等待着。

迈克尔的舌头在马提尼的作用下打结——“我不想当一根手指，”他说，“在名为‘人生’的酒盆里搅屎。”

“你说什么？”

迈克尔醉了。这说明他很痛苦。他抓起钢笔，在餐巾上写下了什么。他拍了拍我的肩，把写下字的餐巾递给了我。在这宜人的黑暗中，我看不清上面的字。

我告诉他：“我没想过你会跟黑人结婚。”

迈克尔甩了甩头，仿佛想让头脑清醒一点。达维迪亚盯着我：“你说什么？”

是啊。我说了什么？“这酒上头了，海拔太高了。”

“你应该先垫垫胃。”迈克尔说。

达维迪亚说：“解释一下你的话。”

“你意思是辩解一下。”

“好吧。辩解一下。”

“我会解释的。”我说。

“我们等着呢。”

“他总是无法抗拒中东女人，仅此而已。波斯公主那类的女人。我为自己的失言道歉。真的很抱歉。”

她大笑，很生气。“别找补了。”

我完全是看在迈克尔的面子上才试着息事宁人，可迈克尔根本没在听。“说回之前的话题，”他说，“我没有回答过你对于特尼克斯集团的问题。”

“特尼克斯？”

“还记得吗？在弗里敦停机坪。我们聊铀来着。特尼克斯把苏联被拆弹头上的铀-235稀释到百分之十的纯度，与美国做交易。”

“天哪，迈克尔——又是铀-235？”

我一直以为这是玩笑话，是迈克尔闹着玩时的常用话题。没有哪个舞台上的反派比他更像个阴谋家——身体前倾让脸投进阴影里，把头偏向那个游戏，那个把戏，右眉扬起，嘴唇勾起一抹冷笑。

一种迅猛的，可恶的直觉向我袭来。

达维迪亚将手搭在我的手臂上，问我还好吗。我回答：“我没事，只是应该再聪明点。”

“更聪明未必就更好，不是吗？”

“晚安。”

我走过去与戴金发的妓女谈好了价格。她站起来，我们手牵手回房。

她醉了，还嗑了药，我们刚完事她就不省人事——也许是在完事前，只是我没注意到。

/

她离开时我醒了，我在她背后锁上门，躺回床上看中国有线电视，这是一期关于上海动物园十四个熊猫幼崽的节目。暴雨骤降，像雪崩般击打着屋顶，切断了这个城市的电流，将所有的存在送回它们的来处。我想到外面那个在咆哮的黑夜中游荡的女人。

我在床头柜上找到了迈克尔写了字的那张餐巾纸。借着手机的光，我看清了他的字，但没看懂意思：

他是我的熊猫
来自乌干达
他是我的泰迪熊
他们议论他
但我不在乎
伊迪·阿明
我为你着迷！

——我读了好几遍。它的韵律节奏让我觉得很有趣。

/

早上刚过六点，我通过纸一样薄的墙听到迈克尔剃须刀的嗡嗡声，隔壁的淋浴声，然后我听到有人离开房间。几分钟后，传来一阵轻轻的拍打声。我在为速溶咖啡烧水，套房里有咖啡机，但没有咖啡粉，只有一罐雀巢速溶咖啡。拍打声再度响起，我意识到这是达维迪亚。

我靠近墙，说："我醒了。"

她的声音很清晰地传过来："过来见我。"

“我们是不是应该在餐厅见？”

“就在这儿说。”她说，“过来。或者绕过来。”

“我可以直接穿墙而过。”隔着一面这样的墙说话，我能感受到我们的脸贴得多近。

走廊的灯忽明忽暗，门依然敞开着。她穿着一件丝质黄色浴袍站在闪烁的灯光中等我，赤着脚。她向旁边让了一步，我带着杯子和那罐雀巢咖啡进了房间。

“迈克尔去哪儿了？”

“去晨跑了。”

空气中还带着淋浴的湿气。附近摊着她的内衣。我闻到了她的香水味。她却说：“这里很难闻。抱歉。有时候他坐在那儿一根接一根地抽烟，一抽就是五六根。什么也不说。失魂落魄。”

她从床头柜上拿起一支烟叼在嘴边。环顾四周。大概在找打火机。

“你吸烟吗？”

她将烟扔进装满烟蒂的烟灰缸里，说，“我真傻。”

“我们喝点咖啡吧。你有瓶装水吗？”她给了我一量杯水，我把它放到咖啡机上加热。

她坐到床上。“我们吵架了。”

“我很惊讶。我是说——你们很安静。我什么都没听到。”

“他想安静点，好从墙这边听到你的动静。”

“我的动静？”

“你和那个女孩。”她说。

“我们也很安静。”我说。

“我们是一帮偷偷摸摸的白痴。”她说，“真的是白痴。”她站起来，但不知该去哪儿，“我一直想单独见你。”

“为什么？”

她顿了顿，“我还没有确切的答案。”

“你是不是有什么想说的？”知道这句话没什么帮助，我又加了一句：“我只是想帮你弄清楚。”

“我想看看我们在一起的时候会是什么样子。”

“噢。”我努力专注于杯子、勺子和雀巢咖啡，“你们在吵什么？”

“我以为坎帕拉是目的地。可我们现在却要去阿鲁阿。”

“但昨天晚餐时你还准备好一起‘摇摆’了呢。”

“一起‘摇摆’？你是谁，杰克·凯鲁亚克吗？你真是为了表现自己身上的美国性不惜远溯到上世纪。”

“随便吧。”

“是，昨天晚上我确实够‘摇摆’。再加上酒精也起了作用。我没发现到现在他其实什么都没告诉我们。”

“迈克尔不做计划。他只编造故事。就让他保持神秘吧。如果有什么办法能让他好好坦白，相信我，我早就找到了。”

“这就是为什么我需要跟你谈谈——为了比对信息。我能相信你吗？不——我不能，我能吗？——我意思是，能不能相信你会跟我说实话。我们在干什么？我的意思是，确切地说，你们俩——你们在干什么？我知道有事，但他不肯说。”

“按‘有事’的标准来说，现在什么事都没有。我们只是一起旅行。”

“你为什么一直跟着？”

“我可是随从队伍的一半。”

“他觉得你一心为他。我不是很确定。”

“他觉得我一心想发财。你知道——尽可能盘剥这个大洲的财富。”

“这真的是你吗？一个卑劣的冒险者？”

“为什么说卑劣？冒险是光荣的。我不理解人们为什么贬低它。”

“我不敢相信你带着那个戴了愚蠢假发的可怜女人走了。当时你想起来要用保护措施了吗？”

“这有点夸张了。不觉得这跟你没关系吗？”

“没关系。但你不觉得我有理由疯狂吗？”

“把咖啡喝了。”我说。

“他有什么地方不对劲，奈尔。每次到了半夜他就有点，我说不上来，像是做噩梦，梦游，在梦里喃喃自语——真的，我不知道是怎么回事。”

“真的梦游？睡着的时候走来走去？”

“不，但他会说话，咒骂——对我说话，但说得很疯狂，他会盯着我，但在光照下他看起来像失明了。”

“是夜惊症。对吧？痛苦的回忆导致的。”

“我快被逼疯了。太吓人了。”

“告诉我：你们什么时候来的非洲？”

“明天就满两周了。”

“快两周了。正好到了最容易崩溃的时候。这没什么大不了的。这么说吧，它只是你美式性格的一个小小爆发。”

“我以前旅行过。不要这样居高临下地跟我说话。我爱一个男人爱得发狂，他则因为我爱他而把我逼疯。他什么都不告诉我，还拿走了我的手机。”

“真的？上帝啊。”

“他不让我打电话回家。”

“你家人肯定担心坏了。”

“家里只有我爸，我们不怎么交流。自从我开始在研究所工作，他就对我冷言冷语。尽管如此，我想，假如我有机会打电话给他，我会打的。如果迈克尔允许我打的话。他为什么不允许？他一直这样吗？这么问是因为这似乎是最近才开始的。”

“不新鲜了。”

“所以你见识过这些。这些偏执的怀疑，拿走别人手机之类的事情。”

“我已经研究迈克尔·阿德力克十多年了。首先——你会发现他是个战争孤儿。他在混乱和病态的不安全感中诞生。他尝试扼制信息的流通，这样他才不会觉得生活有可能离他而去。但只要是你必须知道的事，他都会告诉你。尽管有时候我恨不得用电刑折磨他。”

“别开这种玩笑。他被这样折磨过。”这是真的。

达维迪亚双手捧着杯子站在那里的样子看起来孤独，而且可怜。我傻傻地问她："你真的要跟他结婚吗？"

"这就是我在这里的原因。"

"你真的爱他吗？"

她问："你知道我父亲是谁吗？"

意料之外的问题。"我应该不知道。"

"迈克尔没告诉你吗？我爸是他的长官——卡森堡的驻军指挥官。马尔库斯·圣克莱尔上校。"

"噢，天啊，"我说，"噢，天啊。"我原本想说别的，但因为惊讶只能说出"噢，天啊"。

"在遇到迈克尔之前，我只知道两种爱：对父亲的爱，还有对祖国的爱。但现在我也爱迈克尔。"

"但你刚才说你爸和你关系不好。"

"这很复杂。这就是家庭。我们疏远了。但无论如何，他对迈克尔的爱不比我少。每个人都爱迈克尔。你不爱他吗，奈尔？"

"我无法拒绝他。应该这样说，"然后我又加上一句，"噢，我的天啊。"

/

我去了酒店大堂，其实更像个门厅，在那点了些咖啡。不久，迈克尔穿着一套粉蓝运动服进了门，他双手撑着膝盖，躬身大口喘气，能看到他剃得干干净净的筋肉密布的头顶。然后他站起来，扯下运动发带，把汗水拧到地板上。

我向他招手："过来一下好吗？"

他走过来。

"坐吧。"

他挨着我在长沙发上坐下，腿抵着我的腿。

"迈克尔。你快把我惹怒了。"

"没有的事！"

"一次跟我说清楚，一个细节都不要放过。这一切到底是为什么？"

"你喜欢达维迪亚吗？"

"我不希望她在这。"

"怎么着！"

"如果你真的在做我猜你正在做的事，我不希望她也在。而且如果我的猜测是对的，那你就把事全搞砸了，兄弟。你全搞砸了。"

他低头盯着自己的手掌看了一会儿，然后让我看到了他的脸：一个孤独的灵魂。"我们走走吧，我还没从运动中缓过来。"但他先去柜台找了工作人员，从那儿讨来一支香烟别在耳后。

我跟着他出了门，走上一条充当街道的红泥路。短短一个早晨它已经被烤硬。在这个海拔，空气很凉爽，但赤道的阳光炙烤着我的后背。在这里走路真要命。

迈克尔走在我身旁，用一只大手拽着我的胳膊，用另一只按摩我的脖颈和锁骨。他的脸庞闪耀着喜悦和汗水。"可以跟你说实话真是太好了，奈尔！是时候了，现在我可以这么做了。真好。我之前寂寞凄苦，但现在好了。什么都可以问我。”

“天哪，迈克尔，我们该从哪儿开始说？你目前在军队里是什么身份？”

“我不属于任何军队。我只是个随员。”

“有支美国特种部队在刚果东部做任务。搜罗圣主抵抗军。你是他们的人吗？”

“是的。”

“你逃跑了？”

“这是个丑陋的谣言。”

“你逃跑了吗？”

“我没有逃跑。我离开是为了实现自己的计划。我美妙的计划——是的，是的，是的，我们马上就要有钱了，我要跟你说多少遍？耐心点。很快你就能看到成果了。只要一块石头，我可以杀死一整群鸟。”

“别扯这些废话——你现在的状态是擅离职守。”

“离队。离队是更确切的说法。”

“下一个问题。我们是不是在打核燃料的主意？”

“等等，我的兄弟。”

在过去的几天里，他的语言已经失去了美国腔，而且，我注意到，他的步伐也有了非洲男人步伐中常见的旋转，还有他走路时双肩前探，也像非洲人。这条路很陡峭。他停下脚步找路边小摊贩借火，然后远远走在我前面，边吸烟边跑上了坡。我追上他，他说："我的好兄弟，难道你觉得我的婚礼会涉及铀-235吗?"——带着一个病态而心虚的微笑。真是外行。当置身于谎言之泉，他无疑是个大胆的艺术家。但一个简单的否认，一个字，一个最平平无奇的谎言?完全不擅长。

"等等，"我说，"让我喘口气。"

一个赤裸上身，只穿了一条卡其短裤的乞丐一边微笑一边拖着一条残腿走过来，对我们大喊："阁下!"他的腿因为象皮病而变得硕大，像是有一整个人附着在他身上。

迈克尔单手扼住那男人的喉咙，将他抬起，让男人角质化的黄色脚趾在距离地面几英寸的地方悬着，说："今天什么都没有。哈哈!"然后把他放下。我们继续走。他对我说："我每天早上六点晨跑。你想跟我一起锻炼吗?"

"不。我想要你告诉我铀-235的事。"

"还没到时候。还有什么?什么都可以问，奈尔。"

稍微揭晓了一点，不算很多。对着这堵泡沫橡胶墙，继续追问下去也没意义。"那这个问题呢：你要跟驻地指挥官的女儿结婚?"

"驻军指挥官。是的。"

"这可太棒了。第十部队在哪?"

"在刚果的达尔巴附近。"

"如果我们去了那儿，他不会想让她回去吗?"

"不管我们去不去，他都会想让她回去。"

"他不会派一堆戴着绿贝雷帽的特种兵来追踪我们吧?"

迈克尔沉默着，一种我不喜欢的沉默。

“他会吗？我可不想冒任何流血的风险。‘任何’代表一滴都不行。”

“不，不会流血。他们想不到我们会出现在附近。”

“我们别去了。”

“不去？”他转了整整一圈，想为我的愚蠢找个见证人。“他说‘别去’！需要我说得再清楚些是吗？那我就说清楚。让我把我的氏族说清楚。这就像我为了自保把一个人扔在那等死。然后第二天他鲜血淋漓回到营地，照常生活。你能想象我与他眼神交汇时会感受到怎样的羞愧吗？就是这种程度的羞愧让我必须回到我的村子。这么说你能明白吗？我要跟达维迪亚结婚。她将是我一生的伴侣。我们需要用正确的方式开启我们今后的人生，带上我们族人的祝福。我怎么才能让你理解？这是最根本的，它不是表面功夫，不是一个不错的想法——这是事情的本质。没有它，我什么都不是，她也什么都不是，我们什么都不是。”

在解释这些想法的时候，他的双眼随之而去，看着那些想法飞奔到赋予它们意义的地方。

“所以我们要去某个叫做纽瓦达山的地方？”

“在那附近。我还不知道确切位置。”

“你确定你的族人重聚了。”

“我只知道他们必须得重新聚到一起。这是最自然不过的。”

“这是最根本的。”

“是的。最根本的。你把它当做一个很空洞的词说出来，然而它充满意义。它是真理。它是一切的本质。奈尔，我可以猜到你从哪里得知了我的事。要么是霍斯特，要么是穆罕默德·卡隆。去他们的。按官方说法我的确叛逃了，但事实上我不过是回归到本该效忠的事上。什么是叛逃？叛逃是一枚硬币。你把硬币翻过来，它就是忠诚。”

我同意。“天哪，你没少思考。”

“士兵永远不应该思考。实际上，被禁止思考是一种解脱。我怎么会开始思考？”他的脸因痛苦而肿胀。“奈尔，你是我有生以来最重要的朋友。”

/

第二天凌晨五点，迈克尔让我们坐出租车在一片黑暗中前往坎帕拉。越接近首都，交通越拥堵，混合着炊烟和柴油雾霾的空气也愈发厚重，我们的车在昏暗街灯下奔驰，路灯染黄浓烟。我们得在这附近的某处坐大巴，让大巴带我们去这个国家的东北角。但我们来回穿过很多条无名街道仍一无所获，最后出租车司机放弃了，让我们下车，于是我们三个置身于一大群从漫长而昏暗的非洲黎明中醒来的街头流浪汉中，跌跌撞撞地跨过街上的水沟和泥坑，乞求帮助——是我们乞求，不是他们。迈克尔把我们带到戛加线的售票站，所谓的售票站五米见方，塞满睡着的人，这些不介意被踩踏的人织成了售票员的牢笼。售票员递给我们一张座次表，我把自己的名字写在想要的位置，车头，司机附近，然后迈克尔把他和达维迪亚的名字写在过道对面。

登上大巴时我抬头看天，意识到黎明已经来临至少半小时，但天空依然层云密布，阳光始终无法穿透。能坐在座垫上的确不赖，即使它已经破烂不堪且发霉，但我无法理解迈克尔兴高采烈的态度，他的热情被一堆破旧豪华大巴包围，它们作为废弃物被集装箱从马来西亚或新加坡运来，在敲打和修补后被续上一口气，带着它们的破电视和破安全带重新上路，载满迈克尔这样的人。我们把行李放到头顶的架子上，迈克尔确认了达维迪亚和我各有一瓶水和一盒美好生活牌黄油饼干。从我们身后一个类似教堂的地方——它开在公共厕所楼上——传来了合唱团的歌声。达维迪亚整理好她的非洲长裙，折起一条围巾垫在窗户上当枕头，然后进入了梦乡。周围的乘客都已就座，把手机贴在耳旁聊天。他们闻起来是酒精、尿和腋窝混合的味道。迈克尔置身于他们之中，重新披上贫困的伪装——像开化的非洲人会做的那样，放下肩膀，垂下手掌，让面纱垂在胸前。

这辆大巴的女乘务员来到过道中，告知我们她的名字和家乡，躬身大声祈祷了整整一分钟，希望这趟旅途不会令车上所有人横死。她请所有的人转向自己身边的乘客，为他或她做同样的祈祷，我们依她说的做了，祝大家好运，希望这次旅程不会是你最后一程，虽然最终总会有一趟这样的旅途将我们——起码我们的残肢——送进坟墓。

车长是一个穿着白衬衫和灰长裤的矮小男人，大胡子，戴头巾。他坐下发动引擎，变速箱发出一阵噪音，在一两分钟之内——从我坐的地方能看得很清楚——速度表显示时速已到一百公里。

在我们身后坎帕拉的某个地方，在恩德培的某个地方，我应该可以找到无线网络，我可以发送一封加密的活动报告给NIIA……这封活动报告大概可以这样开头：真该死，你们这帮混蛋。你们派我来搅这趟浑水，却不告诉我任何有用的信息。大部分我知道的事你们都已经知道了。你们根本没有提到铀-235，是吧，虽然我敢打包票你们肯定听过这些谣言，而这就是我最初被牵扯进来的原因。我现在不是唯一掺和这件事的人，想必你们非常清楚。你们一点都没提到国际刑警也对这件事有兴趣，至于迈克尔·阿德力克的叛逃，我还得从穆罕默德·卡隆那个卑鄙的塞拉利昂人那里打听到。你还想听新消息吗？我可以告诉你迈克尔·阿德力克正带着他那被诱拐的未婚妻一起旅行，他切断了她与外界沟通的渠道，而这位未婚妻正好是美国第十特种部队驻地指挥官的女儿，还有，我昨天看到她的胸罩就那样摊开着，白色的，印着小小的粉色花朵，但很可能连这些你们也早就知道了。反正，如果有什么我知道你们却不知道的事，任何事——你们在地狱深处慢慢等着吧……

在这条路上开了三小时后，高速公路从双车道变成了单车道。时速依然是一百。更小的车在我们驶来时纷纷往两边避让。十二轮大货车带着车身上的标语向我们迎面驶来：“野兽 AK47”“第一火力点”“全能的上帝”“活在当下”，只给我们留下半条路，我们左侧的车轮被挤到公路外的泥地里。这些操作没有让任何一方为此减上哪怕一丁点速。

我们只在经过事故现场时减速，沿路边绕过一小堆残骸，很快又有另一堆，直到我们遇到一堆巨大的残骸，挡住了两边的路。我一直在打瞌睡，一睁眼便看到一辆撞毁的货车，一辆撞毁的皮卡，还有一辆倒立着的小车从中间断成两半，折断处伸出的四肢依然在滴血。行人透过碎裂的车窗外往里瞟，没说什么，也不怎么激动。车祸应该是刚发生的——我们是那之后第一辆路过的车，车祸惨况一览无余。一只狒狒蹲在路边看。另一只待在五十米外。谁也没向对方示意。我注意到一辆自行车被折成两半扔在草坪上。迈克尔咂咂舌："他们就是不肯减速。"

在等待某种文明之力去处理眼前灾难的间隙，人们从大巴鱼贯而出，拉伸，进食，大笑，聊天，放松。我们三个到路边加入了他们。达维迪亚伸手遮挡眼前的阳光，研究正在研究我们的狒狒。

"他在跟你说话，"迈克尔对达维迪亚说，说着指向一个正向我们走来的男人，"他是魔法师。"他不像会魔法的样子，看起来瘦小，呆傻，嘬着一根长长的紫色糖棍。"他说我们是这个世界的囚徒。我们在睡梦中被劫持到这里，现在我们被囚禁在这梦的世界里，却自以为清醒。"迈克尔翻译时魔法师笑了，用两三颗牙咬碎他的糖棍，边笑边发出喷鼻声。接着，他对着马路对面某个熟人露出灿烂的微笑，转身离开我们，仿佛我们突然从他的意识中消失。迈克尔说："只要有人把皮卡拽到一边，我们就可以过去了。"他重新进了大巴。二十分钟后司机按响了喇叭，人们随之爬上车。迈克尔告诉我："这里不像西非那么糟糕。但也挺艰苦的。"

所有人都上车了，只剩一个。在我们附近的田地上，达维迪亚一个人在小便——她从蹲着的地方站起来，放下裙摆，伴随着非洲式的、非常有女人韵味的甩胯调整好裙腰，然后给了所有人一个灿烂的微笑。我感觉自己仿佛第一次见到她。

/

在阿鲁阿，我们入住的是白尼罗河宫殿酒店。这里是宫殿酒店，但二十公里之前我们就越过了尼罗河。我们天黑才抵达，对周遭环境没有任何印象，除了能听到各种声音——山羊和牛犊声，争吵和欢庆声。研究过停车场和咖啡厅以后，我判断我们来到了一群传教士和救援人员中间——一群无国界医生组织之类的人，开着又大又好的越野车，穿着干净的登山鞋。地面被打扫得井井有条，我们的住处也很舒适。非常出乎我意料。

晚餐时迈克尔不见踪影。我和达维迪亚跟一个年老而疲惫、有阿拉伯血统的法国女人一桌，她说自己研究酷刑。"很久以前，我曾耗费数年研究大西洋奴隶贸易。安哥拉。现在我研究的是伊迪·阿明统治时期对酷刑的使用。奴役。酷刑。别说我病态。研究疾病是病态吗？这是为了找到治疗方法。是什么让人类对其他人做那样残忍的事？脱敏。犯罪者的麻木。不管这个行为会带来快感、痛苦、不适、愧疚、乐趣，还是成就感——用不了多久灵魂就会厌倦，失去感觉。用不了多久。根本不用多久，人就会变成魔鬼，他开始嘲笑自己以往的顾虑，毫无愧疚地进行奴役和折磨。”女人的脖子紧张地颤动着，嘴唇翕动……她在将淋着巧克力酱的冰淇淋吃到一半时默默起身离开。

“她还会回来吗？”

“不。她在买单。”我说。

“她似乎中了邪。”

“你会吸引某个特定类型，不是吗？孤儿，魔法师，耍杂技的。你吸引他们向你靠近。我不知道为什么。”

“我有兴趣，他们可以感受到。”

“迈克尔呢？自从入住就没看到他。”

“我们一放下行李他就出门了。”

“去哪儿了？”

“我不知道。他只说‘打探消息’。”

“你会知道的。”

/

但不是立刻知道。不论迈克尔在忙什么，这件事都让他在接下来的两天时常不见踪影。在不下雨的日子里，达维迪亚身穿分体泳衣，裹着长裙，在泳池边读快餐文学。而我则坐在酒吧茅草屋顶的阴影里打开吧台上的笔记本电脑，假装忙碌。泳池的形状像肾脏。为什么？为什么要做成人体器官的模样？频繁的大雨让水溢出来。人们很少在里面游泳。在离池面一臂之遥的空中，一对对交尾的蜻蜓正来回飞舞。每隔一段时间，达维迪亚会解下长裙，只穿比基尼去水里待一会儿。

餐厅和泳池边放的是美国乡村乐，掺杂一点摇滚风，一盒四十五分钟的磁带全天候反复播放。

我给缇娜写信：

好吧，今天早上的白尼罗河宫殿（给白人住的宫殿）酒店没网。此刻正离线写信。这里没有 Wi-Fi。我们需要在经理办公室排队上网。

开始下小雨了。达维迪亚挥着手离开。她有着十分高挺、十分浑圆的胸部。她穿着凉鞋，凉鞋的红在她棕色的双脚上显得有些猖狂。我伸手去够旁边的咖啡，却打翻了杯子，碎片撒满瓷砖地。我给自己设立了一个七十二小时戒断期——禁烈酒，禁红酒，禁啤酒。一个忧愁的年轻侍者拿来拖把处理这个烂摊子。

在与经理伊曼纽尔的关系中，办公室电脑仿佛是动画片里的坏蛋，每次都有新方法阻挠经理使用它——这次是电脑发出持续不断的警告音——而经理依照惯例用力捶所有看上去可以捶的部位，把电线扭来扭去，仿佛它们是一堆小捣蛋鬼，然后双手举起显示器使劲摇晃，今天他甚至朝墙上的插头狠狠踢了一脚——这事没有听上去那么蠢，真的，很多情况下在这里摇一摇插头还真有点效果。或者用手指推两下。

他手下的员工都知道该怎么对付那台电脑，如果有网他们就能连上，但是伊曼纽尔对付起这台装置的时候却总像在对付他的宿敌。我已经学会不去找他帮忙，除非是为了娱乐效果。

在进入下一个话题时我反复尝试了好几种写法，都删了，最后写下——

你从格兰特或者肯沃斯少校或者其他四处的人那里听到什么消息了吗？

——四处，一帮内部调查、反侦察、抓间谍的人。他们追捕叛徒。

如果有他们的人来打招呼，记得告诉我。等我们见面时，我会告诉你是怎么回事。

——然后删掉了最后一句，改成“说实话，我往他们那投了简历”，然后删掉了“说实话”，在末尾加上“如果我有机会，如果他们对我有兴趣，他们可能会稍微打探一下”。

/

我醒来后还没洗澡就迅速套上衣服，在一种欲望，一种“绝对渴求”的驱使下，我想完成所有的事，同时意识到自己根本不可能完成。我顾不上吃早餐，招来一辆等在酒店外的摩的，一起以发动机能推进的最快速度向天主教无线电台飞驰。我一手抓着笔记本电脑，另一只手攥着自己的生命，暗下决心不再搭乘这玩意。夜雨让这条进城的路格外潮湿，在坑洼和致命危险前紧急避让使我们在红泥路上反复打滑。爆发的肾上腺素榨干了我，也安抚了我。开上漫长陡峭的山路后，我们冲锋的速度随之慢下来，山路导向前方立着三座高大信号塔的低矮建筑群，那就是天主教无线电台。

大门口一位穿制服的警卫搜了我的身，而后，一张装在塑料卡套里的门禁卡被挂到我的脖子上。警卫带我去了几栋黏土建筑里最近的一栋，在那里，一个修女装束的和善女人带我进了一间巨大的房间，房间靠墙的长桌上有三台电脑，她让我坐在其中一台前，自己在门边的椅子上坐下。此时此刻，只有我们两人。我输入一串密码登入，接着立刻登出。

等待时，我听到足球比赛的叫嚷声从山脚下的学校里飘上来。

很快，一个身着蓝色制服的乌干达军人进了房间。我感到他正向我走来，但我一直盯着屏幕，直到他碰碰我肩膀说“请跟我来”并把我带到一个安全通信环境，叫“安信休息室”或者“安信咖啡厅”。这里看上去跟我之前待的房间一样。不过只有一台电脑。

这个地方跟北约没有任何关系，除了也在使用一种被业内称为“礼貌交流”的通信方式。这里的安全通信是英国式的，军情四处，或五处，或六处……可以说句实话吗？我不知道到底有几个军情处。反正这跟 NIIA 没有关系。依我能接触到的信息来看，北约在整个乌干达都没有安全通信据点。美国人喜欢说“通话（commo）”——我觉得很傻。我用自己的笔记本电脑查看邮件，有一封 NIIA 发来的。我没有打开。

另一封来自缇娜：一张对着镜子拍的照片，她的脸藏在相机后面，但露出了胸部。一字未留。

我把离线时写好的邮件发给她，然后加上：

> 自写完上面一段以来，什么都没发生。我把时间花在听 BBC 广播上，如果卫星电视能用，我也会看半岛电视台。伊曼纽尔彻底把酒店的电脑弄坏了，电脑待在那半死不活。谁也用不了。它不再是通信设备，只能发出一些只有自己听得懂的高频噪音。所以我刚花了半小时穿过小城到天主教无线电台来，这里的多媒体中心有三台电脑和 Wi-Fi。
>
> 如果你听到四处的消息别忘了告诉我。

——我意识到这句话太生硬，于是删掉最后一行，写道：

> 我从阴囊的最深处感谢你让我一窥那对美丽的尤物。希望我可以假设它们是你的。

没有哈米德的消息。我也没指望能收到。本该我先联系他。我换成自己的键盘，就像他建议的那样，我没有用美国的加密标准。为了好玩，我用了PGP加密，而且如哈米德所愿，每十五个词换一个代理：

二十三万美元

五五分

目前在路上

达成协议后会回到之前的见面地点

建议于上次见面后三十天整见

样本：弗里敦埃尔维斯影印店地下室

NIIA安全点，自己检查

在答应之前不要回信

提出见面日期之后，我感觉时间紧促了起来。今天是十月十一号——我还有十九天来解决迈克尔的事，然后回弗里敦。计划简单明了。但非洲会把它的混乱注入一切计划。

我打开上司的“圣旨”：

我们不要错过任何报告的机会。每天都要报告。我说的不是“尽可能”。每天都要报告。

无论多少细节都不为过。多多益善。每天都要提供大量的细节供我们筛选和思考。每一天。天天都要。

从现在开始，把这当做最迫切的任务。

我回复：

无事可报。

——然后关上窗口。

/

大雨倾盆。从餐厅精致的拱形天花板渗下的雨颇为可观，迈克尔、达维迪亚和我去餐厅觅食，正遇到侍者推着拖把往我们这边走，把一团积水推出门。台阶上方的展示板写着特价鸡尾酒清单——“林间安全性爱”，主要是伏特加，还有一种叫“猫咪”，基酒是狒狒牌威士忌。酒精戒断是不是该结束了？我三十块的天美时手表说还早着呢。

音乐换了——今天主要放五十年代的流行乐，奈特·金·科尔的《微笑》。没别的。只有《微笑》。一遍又一遍。《微笑》……《微笑》……《微笑》……

迈克尔在两小时前出现了，晃着一串车钥匙。“丰田陆地巡洋舰。四驱。满油。”

晚餐时达维迪亚想知道我们什么时候会开那辆车。“马上。已经是我们的了。”

我不太确定。“你从哪弄来的？”

“从金字塔疆域。”

“金字塔？那是谁？”

“金字塔疆域。安保。他们那些人我都认识。经理的办公室在阿鲁阿。我在布拉格堡就认识他了。”

“布拉格？你不是在卡森堡吗。”

“还有布拉格——我告诉过你的。在布拉格我训练过一些哥伦比亚突击队队员。美国协助他们追击毒品犯罪活动。训练都是通过翻译完成的。让我告诉你一些你已经知道的事情……在同声传译下工作特别累。就像走到哪儿都得用手，而不是脚。”

“你告诉过我很多次了。”达维迪亚说。

“我不喜欢这里的情况。”迈克尔说，他是说隔壁那桌的情况，“那些人看起来不对劲。好像有什么目的。”

“无国界医生。”

“那他们为什么不去个什么地方好好当医生？先是在午餐时看到他们，现在又在晚餐时看到他们。”

“老天啊。有没有可能是我们跟着他们？”

“也许我们应该这么做。”

达维迪亚向我投来求助的目光。

“没人在监视你。”我对迈克尔说。

“等等。那个人是斯伯丁。还记得斯伯丁吗？”

“我记得。那不是斯伯丁。”

迈克尔起身向他们走去。

“我希望他不是过去惹麻烦。”达维迪亚说。

“他只是在做他通常会做的事。”

“他变得很疯狂，奈尔。”

“你知道吗？我想他是对的。那就是斯伯丁。”

“谁是斯伯丁？”

斯伯丁有满满一头白金色的头发。这是我没想到的，所以没有认出他。在此之前，我从来没有见过他的头发。

迈克尔把他带了过来。斯伯丁没有坐下。很快迈克尔就会告诉我们他是第一个让斯伯丁一窥死亡滋味的人。这个故事他说过很多遍。

“这是斯伯丁，”对达维迪亚说的，“斯伯丁是军情六处的。”

斯伯丁不在乎：“他把每个人都介绍成间谍。”

“你把头巾扔了吗？”我问斯伯丁。

“头巾比较适合阿富汗，特别是冬天。”

“所以你从来不是什么锡克人？”

“只是为了让我的头暖和点。”斯伯丁说。

“那么，你信什么教？”迈克尔问。

“我是不太虔诚的天主教徒。”

“我自己，”迈克尔说，“是个不太虔诚的泛灵论者。这是达维迪亚，我未来的妻子。”

“那就恭喜了，二位。”

“达维迪亚——斯伯丁跟军情六处的人是一起的。”

“我不跟军情六处的人一起玩，”斯伯丁微笑着说，“他们都是同性恋。”

迈克尔说：“我让斯伯丁见到人生中第一具尸体。在摩加迪沙。”

斯伯丁说：“其实是第一到第两百多具尸体。一个挨一个整齐地排放在地上。新鲜出炉。”

“还记得那里的沙尘暴吗？两公里高呢。沙漠精灵的传说都是从那儿来的。”

“你当时应该还不到十三四岁吧。当时还没变声。”

迈克尔用童声高音说：“啊呀——！我的声音是不会变的。”然后回到男中音。

“我直到去了阿富汗才认识斯伯丁。”我说。

斯伯丁打量了我一番。“真的。我们真的见过吗？”

“我们的菜来了，”迈克尔宣布，“没有斯伯丁的份。”

“祝你们有个愉快的夜晚。”斯伯丁说，主要是对达维迪亚说，然后回到了他自己那桌。

达维迪亚说：“上帝啊！你们这些人。”

我看着迈克尔，迈克尔看着我。“你看吧，”迈克尔说，“该离开这里了。”

/

这个白尼罗河宫殿酒店在某方面非常合我口味。今天下午，我坐在吧台旁的桌上捣鼓刚端上来的汉堡，一个戴着红色短假发的棕色小骚货来到离我半米远的地方，一边与酒保说话，一边把比基尼外包裹的短裙系上又解开。无视我，却撩拨我。于是我想，感谢老天，终于来了个像样的女人。我让她坐在我身边，并打听了她的芳名。她叫露西。她够友好。我想我们应该有戏了。

广播在放《铃儿响叮当》。两个听起来像美国来的女人在泳池里缓缓地来回游动，肩并肩，聊着《圣经》、上帝、灵性上的挑战。

迈克尔·阿德力克从泳池的另一端出现。他穿着黑色泳裤。我猜他会游泳，但我从没见他游过。

他在跟一个欧洲佬说话，白人。迈克尔展现出少有的严肃，少有的专心倾听。我希望能读到那个男人的唇语。他身高普通，各方面看起来都普通，三十五六，长着稀疏的浅色头发，戴无框眼镜，着短袖衬衫，衬衫前襟塞进深色灯芯绒裤里，后摆留在外面——在我看来他大概是公务员之类的人，只是他衬衫有一半没扣，领口大敞着，露出一根粗大的金项链。

我走到酒吧那边，尝试吸引迈克尔的注意力，琢磨他是不是应该介绍一下我。我没有被他注意到。没被引荐。

我拿起手机，跟露西说我得打几个电话，希望她别介意。露西说，“也许你应该打给你男朋友。”然后去酒吧那边赌气，跟人抱怨我。

两个男人相对而坐，头往对方的方向靠。我绕着泳池走了一圈，差不多以一种不知道自己该干什么的姿态从他们后方经过，想要——怎么说呢？想要嗅嗅是什么在发酵——敌意？阴谋？阴谋吧，我想。

我走过他们，走出大门，再次注意到那个男人粗大的项链，项链在他脖颈上染出一圈绿色。我四处游荡了一会儿，然后途经泳池，穿过酒吧，走向餐厅。

“再给我一分钟，”经过露西时我对她说，“绝不超过两分钟。”

我在餐厅选了张桌子坐下，注意着迈克尔和那个男人。广播又在放《微笑》，而且我意识到已经放了好一会儿。

在这首歌再度被完整地播放过一遍后，那个男人起身穿过花园大门向我走来，目光凶狠。他看起来并不比一个数学老师更危险，但我脸红了，我感觉得到——他从我身边经过，从前门离开。我透过窗户看到他离开大门，向酒店保安招手。

迈克尔进来了。

“过来一下。”我说。

他带着歉意别扭地向四周扫了一眼，看来他觉得自己只穿泳裤等于没穿衣服。

我说：“迈克尔，怎么着？”他一坐下我就问：“那个男人是谁？”

“呃，他是个生意人。”

“我们在跟他做生意吗？”

“是的。”

“能不能告诉我是什么生意？”

“好的。事情已经开始运转。该揭露一切了。”

“告诉我。”

“十分钟之后来我房间。”

我差点在他面前爆发。“如果已经到时候了，为什么还要他妈的十分钟?”

“你急什么?”

“这儿有个我感兴趣的女孩。”

“这件事稍微重要一点。”

“为什么要十分钟?”

“达维迪亚在睡觉，我得让她出去。”

他走后，我回泳池找露西——她躺在大吊床上跟一个非洲死胖子卿卿我我。

酒店的所有房间都是按照当地茅屋样式建成的圆柱形平房，但是房间比茅屋大得多，而且用橡胶板代替茅草作为屋顶。每个平房有四个房间，每个房间是四分之一个圆，各自有独立的阳台、门、浴室，以及两扇相连的窗户。这间房有床、书桌、电视、立式电扇，跟我的房间一样。横杆上挂着几个置物架和衣架——没有衣柜。

我环顾四周，找寻达维迪亚的踪迹。这个房间被清理过，东西被收起或者挂起。看起来并不像有人在这儿睡过觉。

“全面揭露。”

迈克尔展开黑色购物袋，把里面的东西倒在床上：明黄色的电工胶布裹着一团垒球大小的包裹。

“拿起来。”

以尺寸来说，它很重。“感觉有两公斤。”

他用美工刀切开电工胶布，不久，一团闪闪发光的金属展现在我眼前，比拇指还小，用奇怪的布包裹着。

它看起来像黄金。我猜它是黄金。我祈祷它是黄金。

“裹着它的是什么？”

“是从做X光检查时穿的那种大袍子上面剪下来的。里面埋着铅线。”

“啊，该死。”我说。

“没错。”

“铀。”

“非常正确。”

“铀-235？”

“不是。它只是一块被打磨过的矿石。只需要能骗过盖革计数器就行……看上去够真就行，我们需要的只有这些。它来自刚果南部。新科洛布韦矿场。”

“不是从坠毁的俄罗斯货机上找到的。”

“不是。”

“你并没有一飞机的高浓缩铀。”

“我说过了——全面揭露。没别的了。你听说过曼哈顿计划吗？”

“当然。”

“他们的铀也是从这个矿场开采的。就是那个新科洛布韦矿场。”

“看上去是狗刚从屁股里挤出来的。”

“一小点足够造成大爆炸。”

“碰它一下会得癌症吗？”

他大笑。我把小球拿到手里。

“我正在以小博大，打算把这个破生意变成一百万美元。”

他像是在我身上撕开了一条口子，我所有的紧张不安喷薄而出。我从他桌前拉过椅子坐下。“所以这是个骗局。”

“当然是了。你觉得我会带着高浓缩铀到处跑吗？如果市场上真的有铀-235，纽约早就被炸成废墟了。”

“那么，我们那位戴着假金链子的朋友是谁？”

“假的？”

“你没注意到他的脖子吗？那些金色喷漆没准已经让他中毒了。我不喜欢他在餐厅走向我时的模样。”

“他自称克鲁格，可能因为他是南非人。他看到你在我们附近晃悠了。你知道吗？奈尔，我简直天才。他看到你的时候，我即兴想出一套说辞：你是那个坏科学家。”

“我是怪科学家？”

“坏，是坏，坏。你是一个叛变的工程师，最近刚为特尼克斯公司调查过坠机现场。你向特尼克斯报告那里什么都没有。没有铀。但你撒谎了。铀就在那。你没有告诉任何人，而现在你要出售这个坠机现场的坐标。只需在纸上写一串数字。一百万美元到手。这真是太机智了，奈尔。”

他停下来等待我的反应。

我不知道该从哪儿说起。细雨落在屋顶和屋外的树叶上，我们倾听了一阵。

“你是人证，”他说，“我们要见克鲁格和他的搭档，他们会带上盖革计数器。我们把这个带辐射的闪光玩意作为物证，然后你则是证实我关于坠机地点故事的人证。接下来就可以进行大交换了。一百万。”

“但，迈克尔，你真的想清楚了吗？或者稍微想了一下没有？这个骗局怎么行得通？带我重新过一遍，一步一步来。要通过哪些步骤才能走到钱在桌上那一步？”

“等到钱在桌上的时候，我们会有很多帮手。只要给克鲁格和他的搭档看样本，我们就可以拿到两万五千美元。有了这些钱，我们可以雇上一个小队。刚果有很多强盗。M23 叛军，圣主抵抗军——战士多得是，一天到晚无所事事。”

“然后呢？牛仔和印第安人的故事？钱在桌上了，接着就拔出一堆枪？”

“我负责这部分。你只需要负责油滑的部分，你更擅长那些。但你说的没错。持械抢劫。”

“你跳过了我真正的问题。你怎么让他们把钱拿出来？”

“等见到克鲁格和他的搭档，我们就告诉他们，只要他们把尾款准备好，我们就会开始准备剩下的若干公斤，比如五公斤，说我们只能从坠机现场运来这么多。其他的铀都在我们给的坐标那儿。”

“只要告诉他们这个童话故事，他们就会给你两万五？”

我听到他说：“两万五”，而后窗外的雨骤然变大，冲刷掉他的声音。我说：“什么？什么？”

“马上就有两万五，奈尔。到我们口袋里。然后我们从阿鲁阿去刚果，去找我们村的村民，我的家人。将有一场美丽的婚礼。之后我们再为最后一次联络和尾款做些安排。那会是一笔很大的钱，奈尔，非常大的一笔。巨款。”

“是的。一百万。你已经说过了。”

“我还没有跟他们报价。也许我会说两百万。”

“谁会被你用这么一小团狗屁玩意骗得团团转？”

“应该问的问题是——谁会放弃这个机会？谁能说‘不’？如果这件事有几率是可信的，他们必然会全力以赴。”

“可信？这听起来很明显完全是假的，迈克尔——你看不出来吗？我该用什么词？不合情理。不可能。与现实毫无关系。”

“现实不是事实。”

“在这里显然不是。天哪。”

“现实是一种印象，一种信念。所有魔术师都明白。”就像动画片里的坏人一样，他搓着手。“老天啊，奈尔，你只是挠挠这帮恐怖分子的反骨，他们就会喷射出大量钱财。如果你提一下那个穆斯林头号通缉犯的名字——嘭，他们能给你演一出马戏。”

“你又跳过了一个问题，不是吗？”

“有吗，什么问题？”

“谁是‘他们’？他们也是幻想出来的吗？”

“当然不是。克鲁格为他们工作。”

“谁？除了克鲁格，我们还在跟谁打交道？你到底知不知道？”

“我们在跟以色列人打交道。”

如果我得在这一刻从椅子上站起来，那么我肯定会摔倒。这就是我当时震惊和害怕的程度。“所以你在和摩萨德打交道。”

“他们很可能牵涉其中。”他看起来很自豪，笑的时候露出牙齿。

“你在骗摩萨德。”

“他们了解我。如果我说我有铀，他们就会把我说的话当真，准备好现金。”

雨在呼啸，也可能是我的脑海，但无论如何，我的理智都被洪水冲走了。“迈克尔……迈克尔……”

“奈尔。奈尔。”他把脸贴近我，仿佛以为我听不到。“我了解那些人。你知道我了解他们。我是他们训练出来的。”

“迈克尔，我想安静一会儿。”

“让我再跟你说说。”

“不。我有点懵。别再说了。”

他照做了。我没再说话。在这喧嚣之间的静默中，他的愚蠢像巨大的冰山般向我们袭来。这份惯性无法抵抗。在这个房间里，在非洲，理性的争论只是胡言乱语。

“消停够了吗？现在我可以说话了吗？我是想解释一件事：我有联络人，我了解摩萨德——打从我在南非受训时就了解他们了。我可以随时打电话跟他们说我们想取消，然后整件事就取消了。跟没发生一样。”

“好吧，天哪，老弟——现在就给他们打电话，把这事叫停。把一切都取消。招惹摩萨德？你疯了。”

“好吧。如果你说取消，我就取消。”

“我刚刚就说过。”

“但不如再等等，稍微往前走一小步。我们跟这些人和他们的盖革计数器会一会，带着两万五走人。然后就到此为止。之后什么都不干。”

“没有强盗与摩萨德的对抗，也没有桌上的摊牌。”

“没错。如果明天他们不喜欢我们这团狗屎——没损失。至少我们试过了。”

“明天？”

“是的——明天。告诉过你，全面揭露。”

“他妈的，迈克尔。我走了。”

我站起来，椅子发出巨大的噪音，接着走出门，走向一个尚未决定的去处。

“怎么走了？”迈克尔在我身后问。

/

两分钟后我浑身湿透地抵达了酒吧。我挑了张能看到暴风雨的桌子。

斯伯丁坐在酒吧，他的头发包在大大的白色头巾里。他指着头巾问：“你觉得怎么样？”

我觉得——我暗想——你在监视我。

我看了看表。到了酒精解禁的时间。已经过了一小时。

在我四处找酒保的时候，斯伯丁走过来。“该死的，奈尔，我昨天有点没认出你。你知道的——没穿制服。”他在我面前放了一整杯酒，说：“干杯，朋友。这是用狒狒威士忌调的。”

就这样，我灌下了半杯。“一起坐坐。”

“我真的不能坐了。车在外面等我，我在办退房。”

我差点脱口而出“太好了”。“你要去哪儿？”

“哎，天知道。行程有点复杂，先去恩德培。你呢？”

“就这里，然后回家。”

“回——”

“阿姆斯特丹。”

“阿姆斯特丹！我喜欢那里的叶子。你去咖啡店吗[①]？”

“每天。包着头巾，拿着水烟，把能点的都点上。”

他大笑着说：“旅途愉快，奈尔。”然后快速离开了，用一种半行礼的方式敲了敲他蠢头蠢脑的头巾。

有点甜，但这酒依然有劲。我向酒保示意：“给我来杯伏特加马提尼。”

雨扫过泳池水面，然后停了。天空被分成两半——一阵暴风雨席卷而过，另一阵暴风雨即将到来。三天来喝的第一杯酒正涌向我的脑海，放大着我的感知。我不喜欢这样。我不经品尝就灌下那杯伏特加，然后一路走回房间，换上短裤和长袖衬衫躺下。电视一按就开了。我看了乌干达新闻，一个报道说有一对从肩膀开始连在一起的双胞胎——换句话说，一个双头婴儿——死了，

① 这里指的是卖大麻的地方。

另一个报道说一个孩子的脸被猪吃掉了。手指也是。

这些信息逼我起身坐到露台的椅子上。天空塞满了黑色的积雨云。我闭上了眼睛，但依然能通过手肘感受到面前的花园，花瓣的绽放仿佛延时摄影，茎叶在生长。像摇晃的红铃铛般的花朵，像小小的白喷泉般的花朵，毛茸茸的黄色毛毛虫在棕色枝桠上，一群蜗牛拖着它们的小房子站在植物的叶片上。

这一刻幽暗如夜，但一切都沐浴在蓬勃的生机之中。雨从天上喷涌而下，如冰雹般坚硬。一种奇妙的信心支撑着我，一种坚定的宗教般的力量召唤我站起来，脱掉衣服，褪下短裤，并把它们踢到一边。既然已经身着非洲魔法，又何必再穿衣服。我赤身裸体地走着，穿过花丛，伴着无处不在的甜美暴风雨穿过雷电，很快我就站到了泳池前，痴痴盯着水面。其他人都在室内，在整个过程中，我没有在任何地方看到任何人，除了酒保。他独自一人待在雨棚下的吧台后面，离泳池几码远，看着我跳进泳池中，溺水。

从这个梦醒来我又进入另一个梦：我躺在泳池边，而迈克尔·阿德力克吻着我，把火从我嘴里吹入喉咙。我翻身干呕和咳嗽，肺像撕裂一般。

我再次从更接近现实的一个层面醒来，依然躺着，但这次是在我的酒店房间。我裹在白布里瑟瑟发抖。迈克尔挨着我坐在床上。

我说，或尝试说："你吐口水在我嘴里。"

"你怎么了，奈尔？"

“有人给我下药。”

“不是你自己嗑药吗？”

“我喝了一杯威士忌和一杯马提尼。可能橄榄是坏的。”

“坏的？你意思是邪恶？”

“什么？别跟我说话了。”

“达维迪亚在这里。”他说。

“哪里？”

“哪里？这里！”

“我不在那儿。”她的声音响起，“我在这儿，在露台。你可以听到蟋蟀的声音吗？那是蟋蟀吗？”

四周都是乐声，像铃铛。“某种昆虫，是的。”迈克尔说。

“斯伯丁干的。是斯伯丁吗，你觉得呢？”

“什么都可能。病毒，被蜘蛛咬，甚至是咒语、诅咒——人们有这种能力。我见过太多了。”

“那个该死的毛巾头给了我一杯下药的马提尼。”

迈克尔笑得太夸张，以至于达维迪亚进来看着他的脸问：“你还好吗？”

“你应该看看弗雷德的表情！”他指酒保。“仿佛外星人在他的泳池着陆了！真的，”他说，“他肯定是自己一个人把你从泳池里拽上来的。他从腰到脚都湿透了。鞋全坏了。”

“我会付他钱的。”我说。

雨停了，达维迪亚是对的——万物恢复了他们的生活，虫鸣依然清脆，青蛙继续像酒鬼一样打嗝，现在青蛙更多了，像猪一样打呼噜。令人窒息的睡意笼罩住我的脸庞。我走入它的阴影，确信斯伯丁给我下了毒。

第二天早上我想去找斯伯丁，经理伊曼纽尔说他已经付过账，坐出租车离开了，目的地是阿鲁阿的小机场。飞去哪儿？据伊曼纽尔说，今早没有民航客机。只有联合国的专机，飞往南苏丹的耶伊。

我回到餐厅跟迈克尔·阿德力克会面。我答应跟他在那里碰头，告诉他我的决定。

他就坐在那，在闪着雪花的电视边，什么都没做，甚至连电视都没看。"怎么样？"

"我还没想好。"

"慢慢想。再给你十分钟。别坐下，跟我一起走走。"他说着已经起身，"我得看一眼油箱。"

"要开很远吗？"

"只需要开进城，在集市附近。但你知道的——半箱油就等于没油。你记得这个道理吧。"

我记得。

在走向停车场的途中，他停下了脚步。"就在现在，这件事停止了。你看到有多简单了吧？"

"你这样路走到一半突然为了表达一个观点而停下让我很紧张。"

"在这件交易的任何时刻我们都可以说'够了'。"

"我理解你的意思。"

“那再理解一下这个：你真的还想回到那种无聊的生活吗？”

“绝不。”

这是真的，是我们之间唯一真实的事。

现在，我们走到了他借来的陆地巡洋舰边。我们都上了车。只踩了一脚，发动机就立刻发动了。

门卫为我们敞开了大门。

这是很多年前的车型，像我们以前经常从驻贾拉拉巴德或者喀布尔的联合国组织借的蓝白相间陆地巡洋舰。太像了。甚至连车里的味道都一样，闻着像泄露的汽油和脏衣服。

“你准备好了吗？”

“没有。准备好？不可能。”

/

车停在加油站，一个女人为我们的油箱加满油，我们在一边等着。

“你说在集市附近？”

“我就知道这么多。他们会在电话里告诉我具体位置。几点了？——十一点三十三。”他告诉自己。“他们会在半小时内打给我。”我们并排坐在后保险杠上，迈克尔认真地吸着烟，把白色烟圈向上吹，吹过棕色烟雾和红色粉尘，吹到壳牌的黄色招牌下。打完那通电话后，他将手机塞进口袋，把香烟扔在地上，像踩死一只昆虫那样踩灭烟头。“我们出发了。”

我们把越野车停在一个叫亲善酒店的地方，让在那里闲逛的出租车司机帮忙照看。迈克尔把一个带有鲜红拉链的小包挂在手臂上，带着我穿过街道来到一条通向集市的狭窄小巷，光源在小巷尽头。小巷两侧的墙角下挤满了瘸腿的乞丐——很多已经瞎了，剩下那些没瞎的直勾勾盯着你的双眼，一直审视到喉咙深处。走在前面的迈克尔如今只剩一个弯下腰的剪影，他正递上一张皱巴巴的钞票。“我的名字叫迈克尔，”我听见他说，“为我祈祷吧。”一位老女人用患有麻风病的上肢抓住了钞票。她抬起失明的双眼，将那张失去鼻子的面孔朝向迈克尔，双唇嚅动着祈祷：“迈克尔，迈克尔。”与其说为他祈祷，不如说向他祈祷，向神明迈克尔……然后猛然，又回到日光下——仿佛一切都没发生过……

我在一个服装摊位赶上了迈克尔。他在看一件对这个地区来说太过保暖的黑色仿皮大衣。他把镜子放在头顶，抓着袖子用一根手指抚摸布料。我不知道他是真想买东西还是在拖延时间，看有没有人跟踪我们。

是后者。离开集市广场后他又走向了街对面一家干货店。我们从中间的过道一直走到商店最深处，那里有一个女人在折叠椅上打盹，我们问她有没有别的出口。她指向一道门帘，我们穿过门帘走到一条小道上，接着向左走——我认出了这条街，我们的陆地巡洋舰就停在隔壁街区。

他把小包递给我。“照顾好这个小玩意。”

“当然。”倦怠和恶心席卷而来。那团东西仿佛有五十磅。

迈克尔说：“我先进去，等到我出来你再过来，我们一起进去。可能要等上几分钟。”

“里面会发生什么？”

“在我让你出场之前，我会说我想看到现金。他们会拒绝，但这样我能评估一下环境。”

“然后呢？”

“有两个南非男人——克鲁格是一个，你见过他。你会向他们证实我说过的话，对吧？我这就去见他们。你在这里等着——那有个咖啡厅，看到了吗？我去见他们，坐在他们车里，或是什么有样品和设备的地方，跟他们做交换。然后我回来接你，一起回尼罗河宫殿。”

“他们的设备在哪，你知道吗？”

“哈——你算得很精嘛。如果设备不在他们车里或步行可以到达的地方，我会让他们去取来。我不会搭他们的车。”

街道洒满阳光，推土机从成堆的红土上碾过，把地面压得更平整，发电机在商店门口嗒嗒作响，穿着白绿相间校服的孩子们回家吃午餐，一切听起来都很合理。

“别呼吸得这么快。”迈克尔说。

“我他妈很紧张。”

“很好。这样你看上去更像那么回事。别晕过去就行。”他把我一个人留在原地。为了让自己不去想这件事，我开始研究附近规劝人们使用安全套的公告栏，然后观察一辆小车越过车辙和小石块，从街区的一端开到另一端，喇叭里放着《生日快乐歌》的前六个音符。在东张西望寻找下一个目标时，我注意到迈克尔已经回到外面，戴着飞行员墨镜的迈克尔如同站在聚光灯下，仿佛为他身边的警告牌站台——“不要在这面墙上尿尿，违者罚款三万。”他穿着从集市买来的那块黑色仿皮破烂。我当时紧张到没发现他买下了这件衣服。

迈克尔肯定意识到了这些。进屋时，他挽着我的胳膊带我往里走。我正置身于自己持续不断的噩梦中：我站上舞台，到了该说话的时候，却不知道自己的台词。在这个重复过无数次的噩梦里，舞台是一个四米乘四米的空间，铁做的围栏和锡做的屋顶，有一个招牌，左边写着“辛巴迪斯科 / 提供手机充电”，右边是个钟面上印着贝尔拉格啤酒的钟，只剩下分针，此外，还有些木头桌椅。我们坐到了南非人对面。

对方是一个两人团队，就像迈克尔和我。我猜面前的黑人是个祖鲁人，也许是克鲁格的数学学生之一，但他看起来也有三十多岁。他把墨镜反戴在剃光的后脑勺上。他似乎想在各种方面表现得像个美国说唱歌手：连帽衫，满是口袋的嘻哈短裤。我在乌干达从没见过人这样穿。这个祖鲁人的鞋值得一提。一双紫色慢跑鞋，设计精巧，以及，从外观判断，里面装着一双巨大的脚。很难解释为何我会在这样的时刻对一个人的时尚品位产生如此深入的认识。克鲁格提议喝一杯，我欣然同意，于是终于到了我品尝东非便酒的时候——一个手掌大小的方形塑料包，里面装着一百毫升的液体，目前装的是骑士伏特加。需要咬开一角吮吸。我点了几包，几包而已。地上铺满了被吸干的塑料包。

迈克尔卷了支烟，想要点上，酒保拿了几个打火机来卖。迈克尔试了三四个才找到一个能用的。

克鲁格说："这里的一切都是假的。"

迈克尔说："只有我的心是真的。"然后放下了手里的烟。

我没有喝很多，只喝了骑士伏特加。他们交换了意见，谈了盖革计数器和他们车的位置，还提到了多少伦琴，但所有这些对话里，只有最后一段谈话让我有印象：迈克尔说："项链不错啊，哥们儿。"接着克鲁格说："我也喜欢你的项链。"当迈克尔道谢时，克鲁格又说："在被你偷走之前，我朋友戴着挺好看的。"于是迈克尔说："谁？什么朋友？"这时，时间仿佛快进了，他们三个已经站起来打架。祖鲁人从背后进攻迈克尔，打算熊抱或是箍住他的双臂，迈克尔闪身避开，而后克鲁格小哥用小刀刺向迈克尔的胸口和腹部，然后是咽喉。

再次快进——祖鲁人躺在地上，双目圆瞪，挣扎着喘气。不知道迈克尔是怎样重伤了他。我产生一股动手的冲动，想象在我脑海中飞速过了一遍，我看到自己往前走了两步，跳向祖鲁人的胸口，踩住他，以免他爬起来。我全身上下纹丝不动。只有一个问题盘旋在脑海中——不应该吗，应该吗。我没下手。现在每分每秒前进得更为流畅，如同卡住的电影胶卷重新被调整好，我观看这部电影，虽然它不像电影，甚至不像电视里的拳击比赛。我听到了一开始的重击声，随后声音逐渐模糊。我还记得迈克尔的双眼——它们注视着，扫视着，移过来，移过去，测量距离——找到目标后，他锁定克鲁格的脸，而不是他的手，尽管克鲁格有一只手正攥着刀准备向下刺——

迈克尔向身后跳，把一条长椅砸到两人中间，从桌上抓起一小瓶盐握在手中，把它狠狠朝克鲁格扔过去，盐瓶砸在那个男人的胸口。接着，迈克尔沿着这条弧线在逼近对手时举起长椅，将平坦的椅面狠狠砸向他。迈克尔一跃而起，将克鲁格击倒，他一只手卡住克鲁格的脖子，另一只手依然抓着长椅，用自己的重量把克鲁格压到桌上。他狠狠掐着克鲁格的颈动脉，后者只消几秒便失去意识，手中握住的刀仅砍到迈克尔一次便滑落至地板，掉在长椅边。迈克尔站起来，把克鲁格的手臂在他膝盖上折断。骨头的碎裂声清晰可辨。尽管肾上腺素影响了我的听觉，我依然能听到那清脆的声音。它的回声从周围的山丘重新回荡到房间。

打斗仍在继续，迈克尔一秒都不浪费。他向我示意，我仍呆立不动，他走过来，握住我的手腕，在我对眼前所发生的一切产生任何念头之前，我们已经坐到了行驶中的丰田车里，迈克尔双手握着方向盘，对我说："给我包扎手臂，给我包扎手臂。"他的右前臂在喷血。他将伤臂从胸前伸给我，左手依然握着方向盘。我终于反应过来，找来三角巾，用它包住绽出浅黄骨头的深长伤口，系了个平结。"这得缝起来"是他自开始打斗以来说的第一句话。"南非就到此为止吧"是第二句。

/

经过白尼罗河宫殿的时候，迈克尔指着它说："我要你把我送到医院之后再开回这里。"

“医院在哪儿？”

“我在几公里外见到过路标。我们得往右走，然后就不知道了。”

我们颠簸驶过木桥。前面的行人，一个老人，为了保命跳到栏杆上。

“好吧，”我说，“我对你来说没什么用，是吗？”

“但是，奈尔——那是什么，你双脚之间的那个？”

“谢天谢地。”他的红色小包。

“你拿上了我的包。你救下了最重要的东西。”

开下主路几分钟后我们找到了医院，一个混凝土和砖块混合的单层建筑，警卫亭的标志上写着乌干达库鲁瓦教会医院。警卫招手叫停我们，从车窗瞥到车里的血后挥手放行。“护士马上就来，”他说，“往小剧场开。”

被称为小剧场的这栋楼锁着门。迈克尔背倚墙蹲在地上，吸着烟，血从他手臂上的手帕中渗出，在两脚之间汇集成一小摊。他双眼明亮，依然有气势。

我得承认，他看起来状态比我好。我站立着，但只是为了证明自己还能站起来。“真希望当时我他妈能稍微帮上你一丁点忙。”

“我不需要帮助。你听到他骨头断裂的声音了吗？”

“天哪。我甚至连车都没开。我一直知道自己毫无勇气，但我不想被提醒。”

“没有勇气这回事。这只关乎训练。你知道吗，我不仅仅受过徒手格斗的训练——我是教官。”

“也许你应该教教我。”

“我教你：站在我这边。这样你会赢得更多。”

一辆车在医院入口处急刹车，那个自称克鲁格的男人从副驾驶的门里掉到司机和保安怀里。保安把椅子从他的棚屋里拖出来，扶克鲁格坐上椅子，然后他和司机——不是那个祖鲁人——一起用椅子抬着克鲁格进了另一栋建筑。克鲁格的衬衫被脱下用来裹着手臂，血淋淋的。

迈克尔挥舞着自己受伤的手臂：“别难过，伙计——下次我会杀了你。”

克鲁格闭着眼坐在椅子上被抬走，脸色灰白，没有反应。他的搭档不在身边。

“我不知道我们现在卷入了什么麻烦。”我说。

“我觉得我们去刚果比较好。”

“现在是怎么回事，迈克尔？那些人是谁？”

“目前我能确定的是：他们不是摩萨德。只是些摩萨德的线人。”

“换句话说，摩萨德已经打算除掉你了。”

“如果摩萨德想让我死，我已经死了。摩萨德不会留余地。他们通常会安排特工小队，有六七个甚至更多成员，人人训练有素计划周全，必定完成任务。他们不会雇佣在咖啡厅展开攻击的白痴。这些人只是跟他们有合作，像我一样。但我在一定程度上相信他们——我相信摩萨德给了他们钱。所以那个傻瓜才拔了刀。他们想把我的钱据为己有。”

“这个骗局结束了，”我说，“彻底结束了，好吗？”

“同意。”

“跟着愚蠢的想法走会让我很恼火。”

“你现在很恼火。我看得出来。没问题。”

“我希望能有一份至今为止的谈话记录，”我说，“就你跟那些家伙的对话。我打赌我能给你找出十几个明显、非常明显能看出他们在耍你的地方。”

“最后还是得跟着直觉走。”

“你太轻信别人了。”

“这样真的不对吗？”

“什么？是的。这是一个致命的错误。你过的这种生活，你打交道的这些人——你觉得只是抱着棉花糖的泰迪熊吗？”

他冲我笑了笑。

我希望克鲁格能再拿刀捅他。“你信任了不该信任的人，”我说，“相信我。”

/

医院建于一八四八年——据入口处的标志所写；这曾是专门医治麻风病人的地方——据照顾迈克尔的护士说。这位护士在托盘上准备了缝合线之类的东西。医生不在场。她自己缝上了迈克尔的伤口。“我们要分两层缝合伤口，”她告诉迈克尔，“伤口很深。”

“你觉得多久能完事？”我问。

她用棉签戳着受伤部位。“要缝合得够紧密才行。”我想这意味着过程会相当漫长。

“如果能弄到水，也许我可以把车清理一下。”

“那边有一条小溪。”——她用下巴示意——“在停尸房后面。”

“医生去哪儿了？”

“医生病了。”

保安离开岗位为我找来一只水桶，然后把我带到砖砌的低矮停尸房后的小溪边。臭味从停尸房的气窗飘出来，浸入这个午后，但似乎无人在意。我来回取了很多趟水，直到车里淤满水，鲜红的印记变成淡粉色。接着我跑去窗边偷窥。在一间门上标着“妇产科”的肮脏混凝土房间内，我看到了袭击迈克尔的人，那个真名不详、莽撞拔刀的傻瓜，全身赤裸地躺在一张金属病床光秃秃的床垫上。房间里只有他一人，十几张床上唯一的住户。妇产科唯一的病人。他有一张圆的、平凡的脸，用嘴呼吸。他的手臂摊在身侧，依然裹在那件衬衫里。

我回去时，迈克尔的护士有了穿着白衣绿裙校服的年轻姑娘做帮手。伤口处理似乎因迈克尔跟一位穿着紧身制服的警官聊天而暂停。警官的全身——包括靴子、腰带、头盔——全都洁白无瑕，硕大的墨镜让他有一张看起来像某种好奇的昆虫的脸。

“卡德里博警官在起草报告。”

“啊，”我说，“好的。”

“我朋友洛兰，”他对我们所有人说，“会把我的未婚妻带来。你知道路吗？开出大门，左转，然后右转回到主干道。”

“汉宁顿路。”卡德里博警官说。

迈克尔跟他说：“我们住在白色尼罗河宫殿。我们晚餐时间在那里见，怎么样？这件事不值得一提，但你得写报告，我们理解。我们就当相识一场，请你吃晚饭。”他用没受伤的手揽住我的肩膀，将我拉过去：“去酒店，把我们的东西收拾好，接上达维迪亚。退房，然后回到这里。”

为了说点什么，我问：“伤口怎么样了？”

“我们在等几毫升的利多卡因。”护士说。

迈克尔说：“我们试过直接缝，但天哪——太疼了！我都没法稳住手臂。”

迈克尔和警察开始用凯里奥语或本地的卢巴拉语聊天，语速越来越快，笑声不断，音调逐渐升至男高音。

在我离开时，迈克尔说：“别忘了——靠左行驶！”

/

打包不在话下，三套换洗衣服——现在少了一套，沾了血的牛仔裤和T恤已经进了垃圾桶。我致电前台询问怎么打给其他房间，他们说会帮我转接。

这里跟西非一样，接通座机的程序是先说“喂”，然后把听筒从耳朵上拿开，盯着沉默的听筒，再把听筒重新放回耳边，倾听电话里传来的沉默。

“我说我是奈尔。”

“奈尔。我听到了。你在哪？”

“我在我的房间。”

“继续说。”

“如果事情变得有点刺激，你能承受吗？”

“什么意思？”

“好吧——我们要转移了。你介意在接下来的几分钟把你的行李打包好吗？我会帮你把所有东西拿到车里。”

“怎么了？发生什么事了？”

“迈克尔把日程稍微提前了点，仅此而已。”

“提前？什么日程？”

“我们真的应该在几分钟内离开了。”

“天啊。天啊。天啊。迈克尔在吗？让我跟他说。”

“他还在做扫尾工作。我收拾好就去找你。”

“奈尔，这太离谱了。我哪儿都不去。”

“那至少帮迈克尔收一下行李，可以吗？拜托了。我马上去你房间，几分钟后见。”

我敲门，她说“门开着”，进门后我发现她坐在床边。她穿好了衣服，但没穿鞋。

屋里没有打包行李的痕迹。“你介意我关门吗？”她微微挥了挥手，于是我关上门说：“旅程继续。”

“我不同意。”

“如果我们要走，就得尽快。”

“我没在开玩笑。我已经受够了。”

“好吧。但我开着陆地巡洋舰，如果要走的话，现在正是时候。”

“迈克尔呢？”

“他去见几个密友了。我们会去接他的。”她纹丝不动。“我是你的司机。”连手也没动一下。“如果事情有点突然，我向你道歉。”

“好，我儿这也有件事，”她说，“《微笑》的歌词是两个男人写的，我从来没听过他们的名字，叫特纳和帕尔森斯。”

我依稀记得他们有两个行李箱和两个背包。“我们把你的东西直接扔进行李箱怎么样？”我从横杆上取下几件衬衫。“你想要衣架吗？还是别拿衣架了。”

“但是旋律是查理·卓别林为他一九四六年的电影《摩登时代》写的。”

我不再给她捣乱。“你怎么发现的？”

“我去了经理办公室上网。那电脑真让我抓狂。我想可能是欧文·柏林写的——我印象中是欧文·柏林，不知道为什么。我猜只是我一直喜欢这个名字。”

“明白了。你有没有趁机查查邮箱？”

“没有。迈克尔不希望我这么做。你知道的。”

“你有跟任何人联系吗？”

“没有！我刚说了没有！”

“的确。我只是随便问问。”

“跟你有关系吗?”

“这就是问题所在，达维迪亚。现在我们的事都搅和到一起了。你们的事和我的事。我希望你能认识到这一点。如果你能认识到，事情会简单很多。”

“什么事?什么事会变简单?”

“我能坐下吗?”

“你已经在拿我的东西了，难道还不能坐我的椅子吗?”

我坐下。“还有很多你不知道的事。没有突然发生的事，只有突然被揭露的事。”我花了些时间组织想法。我不知道为什么。我已经很多次想象过对她说这些。“我们说的是双子塔倒塌后这个世界的变化。我想你能轻易地说变化最大的是情报、安全和防御这几个方面。世界大国纷纷将他们的国库倾倒进这场新时代的大博弈中。钱是无限的，而且其中很多都花在告密和谍战上。在那个领域，经济衰退根本不存在。”

“那个领域?你的领域。很明显你不在某个银行工作。一直都很明显。你是中央情报局的。”

“该死!女士，我可不在该死的中央情报局。别把我跟那玩意混为一谈。”

她似乎想说什么，但没说。我站起来，坐到床上，她身边。

“你坐得太近了。”

我挪得更近。“不过其实你猜对了一部分。我不在银行工作。我依然在北约情报部门。我正在执行任务，实际上，我的任务就是迈克尔·阿德力克。”

“什么？为什么？”

“迈克尔有麻烦了。”

“啊，天哪。他做了什么？”

“他应该能全身而退。你了解迈克尔。我想我们最好先脱身。你和我。”

“你和我？”

“我要离开了，我想你最好跟我一起走。”

“为什么？”

“为什么都行。”

“多久？”

“需要多久就多久。”

“需要多久就多久？”

“让我带你走吧。”

“去哪儿？”

“回弗里敦。重新开始。”

“为什么？”

“我在那儿有生意。足够让我们好好生活。”

“奈尔，我们之间什么都没有。”

“过来，让我抱着你。”

“你疯了吗？别碰我。”

我必须停下，不然无法说话。她肌肤的触感夺走了我的呼吸。“我认识迈克尔已经快十二年，这些时间以来我一直以为自己为他痴迷。我错了。所有认识他以来的日子我都在为你痴迷，等待这份对你的痴迷拥有实体。等他创造你，想象你，找寻你，带来你。”

“天啊，”她说，“你让事情变得复杂得难以置信。你说的这些根本不可能。为什么连你也疯了？”她站起来，把床上的东西摞好。“迈克尔的计划是什么？如果他有的话。”

“他要去刚果。”

“而你不去。”

“这取决于你。”

“我觉得我最好去。”

“我觉得我们最好别去。那里没有律法。政府没有实权。警察、军队、精神错乱的军阀——这些人轮流抢劫手无寸铁的平民。”

“那你为什么不现在就离开我们？”

“因为我不能。我忍受不了。没你不行。”

“真糟糕。闭嘴。”

“你只要看那破地方一眼就会想跟我走。”

“我要跟迈克尔一起走。带我去见迈克尔。”

“我会送你去任何你想去的地方。”

“我必须得去。我不能就这么消失。我得等到迈克尔的情况……稳定了或什么的。至少得了解清楚再说。”

她把包放在床上，像往坑里填东西一样把行李扔进去。

“稍等一下。可以吗？好吗？”她没有停。她继续打包。“达维迪亚。我并不想吓你。”

“好吧，你确实吓到我了。我害怕——怕你。”

“我疯了。我不想把你也逼疯。”

“太晚了。”

“是不是我把你逼到这一步的？我不想把你逼到角落。等一等。”她没有停下。“别打包了，暂停一下。”

“我现在要跟迈克尔一起走，我想你最好带我去找他。”

“你确定吗？真的确定吗？”

“是的！”

“行吧，可以。就一分钟。看着我。”她终于停下。“我不该说刚才说的那些话。”

“我同意。”

“我真是疯了。”

“我早就这么说了。”

“所以我们在这件事上也达成了共识。你会为这些事保密吗？”

“保密？”

“别告诉迈克尔。”

“我已经跟迈克尔保证过我不会跟任何人说话，可现在我又要向你保证不跟迈克尔说——这是你的意思？”

“让我做那个向他坦白这件事的人，仅此而而已。”

“什么时候？”

“不是现在。”

“所以，我需要背叛他多久？”

“不会很久。”

“具体多久？”

“具体两天。”

“四十八小时。”

“没错。”

“向他保证，向你保证，然后每件事对每个人都成了秘密。这就是状况所在。”她似乎从这件事里看出了些幽默感。

/

为了让我们更醒目，我打开了车灯。其他人都没有这么做，没有单车和汽车把自己跟环境区分开。

达维迪亚说：“这是血，对吧？他伤得有多重？”

“得缝好些针。”

“医院在哪里？”

“其实医院在后方。”

“那为什么往前走？”

“还有点杂事。”

在这种路况下我开得太快了。已经接近下午四点。我不知道天主教通信中心开到几点。尽管如此，我还是停在了一个卖杂货的棚屋前，把所有一百毫升装的烈酒都买下来。然后我又停在下一家重复同样的事。但我依然只有不到两升的烈酒。我应该在离开酒店前弄上一瓶最大包装的朗姆酒，或者龙舌兰，看哪种度数高。狒狒威士忌也行，如果他们只有这种酒。可惜我忘了。

在阿鲁阿中部绵延的山路上，我差点再次停车去买酒，但远处山顶的通信塔吸引我继续向前开。“我会停到有网络的地方。”我告诉达维迪亚。她什么都没说。

在大门的马路对面，我熄灭发动机又说了一次。“如果你有想要联系的人，可以在这里联系。”

“快点吧。我很担心迈克尔。”

“你可以在警卫那里等。”

“我在这儿等就行。”

我从车里出来，绕到她车窗前。她没有摇下车窗。“你一个人可以吗？”

“你说呢？”

“如果你觉得不自在，可以把门锁起来。”

我刚转身就听到了锁门声。

/

有两封邮件，第一封来自哈米德：

> 敲定的最终报价是给你十万美元现金。
>
> 如果你的同意，我们在说好的时间地点见。
>
> 需要时间准备现金。
>
> 你的分成是十万美元。最终价格。

我喜欢他开的价，不喜欢他接下来的话：

在上次见面的四周后见。

不是三十天。整四周。不能更改。只有一次机会。

一方面，钱有着落了，数目可观。但另一方面，他扣掉了两天。我闭上眼准备写封回信，谈谈条件，但打消了这个念头。没什么可谈的了。

我打开第二封邮件：来自 NIIA 上司的几百字怒骂。还没读到一半我就删掉了。

我猛敲键盘：

你好，你们这些狗屁不通的白痴。你们在等我的报告吗？等到地狱开始供应圣水的时候吧。

我按下删除。

然后再次敲击键盘，这次写得长了些：

去你的。你在把火箭塞进我屁眼里点燃导火线的时候笑得这么甜。现在竟然还骂我？

你们这些贱货能不能解释一下英国军情六处的人在我的酒店干什么？

你们这些贱货能不能说说摩萨德为什么扯进这件——我

该怎么称呼这个——事件？调查？集体互殴？

你们这帮人，操自己去吧。互相操去吧。

我是丹麦军队的上尉。我现在做的这些事跟丹麦有什么关系？又跟我有什么关系？

为什么你们让我冒被杀的风险？

三秒，四秒，五秒，我的手指悬在删除键上，然后按下发送键。

我登出账号，插上我自己的键盘，用了 PGP 加密。我给哈米德回信：

成交。

第三章

十月十五日　晚上十一点

好的，缇娜。首席猎人、巫医、将军、狱警或绑匪……管他什么身份呢，总之这人刚刚让我见识到了整个东非最令我喜欢的东西——一个能正好塞进衬衫口袋的塑料包，又给我看了上面的标签——“四十度甘蔗酒，一百毫升”，他在咬开塑料袋的一角并吸干之前解释道：“这个能治感冒”，然后把干瘪的空塑料袋扔到一边。而此刻，我注意到这个大棚屋整个泥地表面都散落着同样被吸干扔掉的塑料包，铺了满地，“骑士伏特加”“ZAP伏特加”或甘蔗酒。我对这些塑料袋很熟悉，事实上，很多空塑料袋原本是我的，都是我的，在一小时前还是，直到被他们偷走。可我丝毫没感受到周围这些醉醺醺的面庞漆黑的士兵们的感激之情。我感受到的只有这个地方污浊浓烈的人类体味。

我眼前有一只萤火虫向上划过。或者是一根毛细血管在我脑中爆炸。实际上我也有点醉。说这些不是试图可怜兮兮地解释“我是如何卷入了这团麻烦”，因为在情况明了之前，把它称为麻烦毫无意义。有时你只是卡住了，这就是非洲。接着你会发现自己不知为何又重新上路，这也是非洲。而当你卡住的时候，他们正好提供了纸和笔？——恭敬不如从命。

至于我为什么没有电脑，不是因为他们把我的电脑拿走了，而是因为当迈克尔、达维迪亚还有我，外加一个我不记得名字的，作为我们的向导或教唆犯的刚果人，一起开着从金字塔疆域借来（现在可以说是偷来）的那辆陆地巡洋舰抵达刚果边境时，迈克尔把车停在白尼罗河支流的桥上说，来，我们把通信工具都扔了，说着便隔着车窗把他的手机抛进河里。达维迪亚随之扔掉了自己的手机，我也很乐意摆脱那堆东西（即使我的笔记本电脑和外接键盘绝对不会被卫星追踪，而手机本来就是后来买的代替品。我想甩掉这些重量，仅此而已）。当时正值日落。桥下的人用齐车轴深的红色河水洗车，一直洗到车轴，司机用水泼去他们破烂斯巴鲁上的红色尘土。达维迪亚只说了一件事："这车你能开多久？"——"什么？"——"你什么时候得还车？"——"噢——时间方面灵活得很。"迈克尔说的时候咧出一个巨大的微笑，仿佛在描述自己的嘴型："非常灵活。"

这里说的是我们共同的朋友——迈克尔·阿德力克，以及他的未婚妻，达维迪亚·圣克莱尔。你知道我去弗里敦找迈克尔。我确实找到了他，以及他怀抱中的达维迪亚，等时间允许我再跟你细说。简而言之，这么说吧，是迈克尔激情之下让我们在十月十三号仓促地离开乌干达跑到民主刚果，就是前几天的事。我们从弗里敦一路到了乌干达西北部一个叫作阿鲁阿的小城，在那里我最后一次收到你的邮件，也是在那里最后一次看到你的胸部，真希望我当时下载了那些照片……早些时候，迈克尔在阿鲁阿的库鲁瓦医院缝针时——缘于一场已经不值得解释的打斗——找来一个能带我们钻刚果边防漏洞的向导，毕竟我们谁都没有刚果签证。达维迪亚和我赶到医院时，迈克尔把这个人介绍给我们，一个穿着亮蓝色长裤和印着“我昨晚做了什么?”的T恤的瘦小男人，他让我给此人一百美元。——等他带我们到刚果之后再给，我说。——好吧，迈克尔说。

我们到边境时日光已近乎消失，正是偷渡的绝佳时机，我们在高大的桉树林中穿行，迈克尔像非洲人一样开车，车速对于这样坑洼起伏的红土地来说太快了，真的很快，大概每小时九十到九十五公里，他狂摁喇叭，把路上的单车都撵到路边，喇叭用得比刹车勤，无视向我们靠近的孩子们、羊群、鸭群或是弯道上出现的卡车和前面转弯处仅有两只轮子着地的超载大巴，无视顶着重物走在路上的女人们，她们头顶的盆里装着满满的“白蚁”——一种大约一厘米长，在集市作为小吃卖的蚂蚁。我没尝过这种零食，但知道这片土地上每隔几百米都有齐胸高的土丘里聚满这种营养丰富的美味小吃，我很安心。这些女人中的一个走到了我们前面，她右手托着头上的大盆，挡住半边视线，她没看到我们，一直走在马路中间，迈克尔想转向，接着我们撞上了她，她被撞倒，我听到她说“啊!”，以一种我从未听过的方式，从来没有，而越野车转向，弹起，开回直线，然后继续往前……我往回看，她被甩在黄昏下的泥土路面上，显然死了。达维迪亚说：“迈克尔！迈克尔！她受伤了!”——“她没看路!”他很生气地说，开得更快了。他耷拉着肩用力踩下油门，我们在逃离——逃离什么？一桩命案，大概吧。我们不会知道了。“迈克尔，迈克尔，”达维迪亚说，迈克尔没有回应，她接着说：“回去，回去，回去，回去。”可我们不会回去，我们不能——绝不能在非洲这么做，这片土地太过坚硬，在这里，没人能帮助那个被撞倒在路上、可能已然死去的女人，在这里，逃离不是错误。错的是最初回头看她。

我们之间一片沉默，只剩下达维迪亚的抽泣声，然后是她的沉默。向北靠近边境时，迈克尔冷静了一些。如果不尽快找到那个漏洞，我们就会一路开到南苏丹。路况变得非常糟糕。我不确定这依然算路。我们开进一个村庄，向导在迈克尔耳边嘀咕了几句，接着我们减了速。迈克尔熄灭车头灯——他本来也只在用停车灯——“我们来欣赏月亮吧！”月亮刚半满，露着歪斜肿胀的脸，嘴角挂着一抹笑。人们在它奇异的橙色光辉下散步。孩子们互相追逐，仿佛依然是白天。在拥挤的暮色中，在这满是人类的傍晚，我们开得比行人还慢。一阵笑声突然从一间小棚屋迸发出来，宛如女高音合唱团。他们在笑什么？没有头灯的自行车在傍晚的昏黑中漂浮。一个男人靠着破棚屋，手机举在耳边，屏幕从指缝间透出微弱光亮。

向导说：“停车。”他下了车，关上门，走到迈克尔车窗旁低声说话。

迈克尔跟我说：“给他五十。”

“等到刚果之后再给。”

“我们到了。这就是刚果。”

“我记得你说要一百。”

“他提前退出。只要五十。”

我拿给迈克尔一张纸币。那个男人把它叠成小块，然后转身走向一间棚屋，轻轻喊：“你好呀。”

“谁要坐到前面来——奈尔?”迈克尔问。

“我猜是我。”我或多或少是对达维迪亚说。我无法看见她的脸。在过去两小时里她一个字都没说。我们离开村子，沿路颠簸半公里后停下。

迈克尔说：“大路就在那边，但要等到天亮起来才能找到。”他摆弄着手表。“把你手表往回调一小时。我们进入了另一个时区。”

天气变了，星星消失了，我们坐在车里，什么都没说，什么都没想，什么都没感受，或者说尽量不去感受。月色穿过云层显现出一种奇异的视觉效果，仿佛月亮悬在我们头顶几米处，而云在月亮身后，远远挂在高空。迈克尔熄灭了发动机。我们听到昆虫群发出的鸣叫像指钹声一样环绕着我们。虫鸣停止了。雨点砸在车顶，顺着肮脏的挡风玻璃流下。

傻傻的迈克尔说：“刚果！在这里，我们不会有麻烦的。”

十月十六日　凌晨两点

我还有多少时间来补充之前发生的事呢?他们今晚不会让我们挪地方，我确定。派对结束了，他们一个个枕着自己的来复枪，鼾声一片。唯一跟我同样醒着的是某个地方的收音机——一个飞快地说着法语的DJ在放美国乡村音乐。两只或三只蚊子开始了新一轮觅食。东非高海拔地区的蚊子很少，但当迈克尔、达维迪亚和我在刚果境内的黑暗中搁浅时，迈克尔说：“今晚空气中的声音太多了。”然后升起车窗把昆虫们挡在外面，他在童年时患过疟疾，我想，蚊子是世界上唯一能令他害怕的东西。

车里很闷。我睡着了，或只是窒息——我又看到了那个公路上的女人，这次看见了更多细节，那块包裹她全身，只露出手臂和肩膀的布料上印着红色或紫色的花纹，在黄昏的光线下可能是两种颜色中的任何一种，装着蚂蚁的大盆侧立着滚落，她躺在那儿，软绵绵的，如同她的毛巾——就是那块被卷成一团垫在头和蚂蚁盆之间的白布，散开着，摊在她身边。

夜里传来迈克尔的声音：“我在动。”

我确定我们都醒着，达维迪亚和我。

“难以察觉。但肯定在动。”

达维迪亚说：“迈克尔，安静。”

“我在往下滑。我要滑下去了。”

“嘘。”

“我不知道一旦掉到地上我会变成什么。”

她：“都见鬼去吧。你也见鬼去。”

“我浑身痒。”

“别去挠。千万别挠。”

他扭动着，使劲抓挠自己的肋骨，用手肘撞击方向盘。“我在茧里。从茧里出来后我会变成什么？”

达维迪亚说：“他要疯了。在他恢复理智之前我们得按住他。”

“我要从皮肤里出来了！”他大叫。痛苦地蠕动着。他撞到喇叭上，喇叭响了，把我们吓了一跳，后来他总算控制住自己，我们又安静下来。

天亮时，我们发现自己停在田野中央的一座教堂后面，那是一栋摇摇欲坠的大土坯楼，鲑鱼粉色，锡皮屋顶则锈蚀成红色。教堂后面是条结实的土路和成群的低矮建筑，里面一片漆黑，有风从其间吹过。炊烟和炉火上煎锅发出的嘶嘶声无处不在。我们三个不约而同离开车寻觅早餐。我注视着达维迪亚走路。那条非洲长裙摇曳着，裙摆随着她盈盈冉冉的步伐轻抚她的脚踝。一些人来回走动，另一些人刚醒，纷纷拖着草垫从几辆卡车车底爬出来。没人在意我们的出现。迈克尔为我们找来玉米糕和一些装进塑料水瓶里的热茶。他说："昨晚我变成了蜥蜴。现在我知道我们该做什么了。"

他开始探索，在四处跟人谈话时用电动剃须刀推好头顶、脸庞和下颌。

达维迪亚和我坐在一个叫做"无敌幸运沙龙"的棚屋外的长椅上，她说："吧啦吧啦吧啦嘭什么的。"——"啊？"——"韦切尔·林赛。也可能是埃德娜·圣文森特·米莱或别的什么人。"——"哦。"——"一首关于刚果的诗。"——"哦。"我们看到一个女人坐在凳子上，为坐在她两膝之间的小女孩挽发髻，同时，她身后有另一个女人帮忙扎她的头发……楼房和棚屋都是灰色或棕色，所有墙面都有红泥印迹。我记得有三根绿色电线杆，其中一根断裂倾斜，全靠电线吊着。

迈克尔给我们每人带回了几卷面包，说："有些蜥蜴可以飞，变成这类蜥蜴你就可以获得消息。"然后他又走了。

达维迪亚跟我说："你没见过他这样吧？"

"嗯？你是说，见过他在夜晚的丛林里变身？"

"好吧，"她说，"如果你这样形容的话，"——她踢着石头——"那这件事听起来跟事实上同样棘手。"

"也许是药物所致。你们吃没吃疟疾药？"

"一天一次。叫作'拉瑞安'。"

"拉瑞安会让人做噩梦。我吃多西环素。"

"你说'在夜晚的丛林里变身'——但哪有丛林？"

"人们把它们全砍了。砍下来主要是为了烧火做早餐。也为了种地。"

一百年前，花上一小时才能在灌木丛中砍穿一条十米的路。现在满山丘遍布茅屋、道路和小花园。早上九点，我们穿过它们回到路上，靠右边行驶，而不是左边。不到二十分钟就爆了胎。

迈克尔快速用千斤顶把车架高，转动工具把螺帽拧下来，换上备胎——颜色不同，尺寸不同，轮胎花纹被磨得一点不剩。

路上很少看到机动车。偶尔会出现一辆摩托车，或者越野车，车身上总印着公司或非政府组织的字母缩写。大巴开得像赛车，在我们前方急转弯时几乎翻车，车轮激起大团尘土。几辆拉货的大卡车行驶缓慢，其他已经撞变形的卡车被拖到丛林间弃置。数不胜数的行人走在路边，或从一侧穿过马路去另一侧，只有汽车鸣笛才能将他们从白日梦中暂时唤醒。那天是一个祭祀日，古尔邦节，道路两边都有穆斯林，有些女人拖着像客厅地毯一样大的祈祷垫。

现在的问题是，我们的陆地巡洋舰十分显眼，而我们不能被任何有关部门发现。在我们到达稍有规模的城镇之前，迈克尔离开车道绕路而行，沿着被人踩出的小径开进沟壑，穿过一片片庄稼，压倒玉米秆和大麻株以避开检查站，最终回到主路，一路飞驰，快得仿佛昨天开着这辆车造成的悲剧丝毫不存在，他继续非洲式地前进，只按喇叭，不踩刹车。一个小男孩用最快的速度跑到车前，仿佛等不及被撞死。迈克尔及时调转车头，猛捶喇叭并用英语对窗外男孩的家人大喊："揍那个小孩，揍那个小孩！"我看向一旁，尝试把目光从前路上移开。田野是浅绿色，温带地区春天的颜色，柔软均匀，时不时有一堆焚烧的垃圾，从中缓缓升起的白烟如雾般笼罩着土地。那天晚些时候，迈克尔指着灰蒙蒙的远方说他看到了童年时期的群山，快乐山脉，传教士詹姆斯·汉宁顿①在挫败和厌恶中称他们为"狂笑的野兽"，迈克尔告诉我们，在群山中的一片森林里，"你能找到十几米高的松树，奈尔。成群的常青树，十五棵、二十棵或者更多。你怎么叫成群的树——小树林？十几米高的小松树林，奈尔。而且，它们不是普通的常青树，它们的松针是用真金做的。你可以把那些松针全都摘下来，但如果你被松针扎到，一旦它沾到你的血——你就会失去灵魂。魔鬼一闻到血腥味立刻就会出现，把灵魂从你心里抢走。还记得吗，"他说，"我曾跟你说过绝对不要跟巫毒扯上关系。你马上就会知道为什么了。"

① 詹姆斯·汉宁顿（James Hannington，1847—1885），英国基督教圣公宗传教士和殉道者，东非第一个圣公会主教。

“迈克尔，”我说，“是你的族人让汉宁顿变成殉道者的吗？”他只回答：“汉宁顿像耶稣一样，被长矛从侧面刺进去。”

婚礼会在血祭中举行，一个为期一周的庆典，他说：“当我们把战争的邪恶之血放在一边，喝下和平的新鲜血液时，跟你说吧，那就是一场群交！很多生命因此诞生。在这一周被怀上的男孩会变成族人中的和平之人。但必须是婚生子。私生子当不了和平之人。”

黄昏降临，他说：“很快我们就会到纽瓦达山了。就算挖出我的眼睛，我也能靠心脏来找到它。”

我们开进一条每公里都变得越发泥泞的路，直到我们只能在泥汤中艰难前行，但至少没下雨。“离纽瓦达山只有十五公里了。”迈克尔宣布，可二十多公里后又是三十多公里，在已经远远不止十五公里后，我们拐入一条小径，开上一片荒地。前面是一潭恶臭的红色沼泽，你绝不能在那些淤泥上停留，即使有四驱车也不行，否则你会陷入其中再也无法前行。夜深之后我们才发现臭味并非从沼泽处飘来，而是来自我们车里。“我闻到了汽油味。”迈克尔说，发动机没燃起来。“燃油泵好像有问题。”迈克尔说，接着发动机熄了火。迈克尔关掉车头灯，在黑暗中，我相当清晰地感受到詹姆斯·汉宁顿这样的英国传教士会怎样站在这及臀高的淤泥中哭泣，并听到群山的笑声。

熄火的发动机在冷却时发出了轻微的响动。大灯关闭之后我们得以丈量黑暗，它深且厚，没有月亮，也没星星。时不时有一阵蛙鸣，然后归于平静。远处传来节奏强烈的狂野鼓声。

达维迪亚说：“那是丛林鼓吗？”

“也许是某些人心目中的迪斯科。”迈克尔说。

“好吧——我们走。”她说，但我们三个都意识到同时踏入黑暗与淤泥的不可能性。迈克尔关上窗户，我们睡了与前一夜同样窒息的一觉。

黎明时分，我们从深陷淤泥的吉普车里醒来，除了去车外撒尿以外没有更好的计划。

迈克尔和我站在驾驶舱这边，达维迪亚蹲在另一边。我们终于意识到，我们几乎到了这片泥泞红色低地的边缘，就在我们白天看到的那座山脚下，能看到一片扭曲的树木和歪斜的棚屋。

“带上背包，”迈克尔说，“脚步放轻。”

他想要我们明白，轻轻踩在坚硬的地方也许就可以避免陷入湿泥，尽管我们依旧踩穿了很多硬泥。为了找更好的落脚点，我们半小时才走了几百米。

村庄位于一片玉米地和香蕉林之间。跟迈克尔说的一模一样——这个位于其他矮茅屋和棚屋中的主棚屋就是“大迪斯科俱乐部”，室外连着一台发电机，不在运行。

迈克尔四处闲逛，达维迪亚和我坐在长椅上看着整个村庄苏醒，男人女人们在茅屋外的灶台旁操持，孩子、鸡、羊都在凉爽的清晨轻柔地走动和低声交谈。迈克尔拿着三瓶可乐出现，以及用乌干达本地《观察报》包起来的一堆饼干，他说：“小心这些人。我们不懂他们的心。”

“为什么你不直接说他们不是你部落的人？”

“没这么简单。”

“没那么复杂，”我说，“这是不是你的氏族？”

“好吧，简单的答案是‘是’——他们说我的方言，但不是我的近亲。现在还不是我暴露身份的时候。”

“你觉得你是谁？漂泊多年的尤利西斯？”我为他感到尴尬。从他脸上，我能看出他正是这样想的。“迈克尔，这是纽瓦达山吗？”

“据我推测，很近了。”

达维迪亚没有受影响。“给我们弄点真正的食物。”她对他说。

“坐下吧。”他说，仿佛我们还没有肩并肩坐在长椅上。

他走后我挪到她身边，胯贴着胯。我说：“他在利用你做些什么。一些神秘的，迷信的事。”

“比如说？”

“我不知道。绑架了一位神灵，然后胁迫其他人去……重写我们所有人的命运。”

她发出像犬吠一样的声音，泪水盈眶。“你疯了。”

“像他一样疯吗？”

“不。偶尔疯。”

“我该带你离开这里了。”

“你不必说第二遍。”

“那我们走吧。”

“怎么走？”

“我们步行。”

“去哪儿？”

“乌干达在那儿——东边。”

“有多远？”

“我不知道。但一直坐在这儿它也不会变近。”

“他会对我们做什么？”

“什么都做不了。他不可能用枪指着我们。”

“为什么不可能？”

“因为他没有枪。”

突然，好像有什么事爆发在村民们身上——像是呛入了毒气——他们的声音变得很大，我听到远处有汽车的动静。达维迪亚问我发生了什么事，谁来了，是什么车。“我不知道，”我说，“但我不在乎——我们会搭他们的车离开这里，或者杀了车里的人抢走那该死的车。”然后我们听到了更多发动机的声音，好几辆车，虽然目前还看不到。有人有枪：一枪，两枪，三枪……直到打完整个弹夹。就在那时，我们自己的吉普车在三百米以外迸发出无声的光亮——爆炸的轰鸣声在一秒后传过来。

达维迪亚和我不约而同地从长椅上起身。我们看着一辆白色皮卡直直向我们疾驰而来，撵着失魂落魄的村民向前跑，来复枪的火花从副驾的车窗中冒出来，站在车斗里的士兵也抢在车颠簸中能站稳的间隙开火。

我躲进最近的一片树林，发现它已经被车辆团团围住。当迈克尔朝我们走来急匆匆喊“我们走，走啊，走啊”时，我松了口气。

香蕉林看起来有希望。哪儿都行，真的。我们故作镇定地前进，仿佛想让别人觉得我们只是几个无辜的路人，没什么值得注意的。

我们走进树丛。身后的声音骤然停下，然后响起一个男人急切的声音，又有很多枪响，随后传来附近某个女人持续不断的哭声，很快，整个村庄似乎陷入一片哭号中，有些人发出鸟类般的尖叫，有些人号啕大哭，有些人低声悲吟。每个孩子听起来都和其他孩子一样。

当我们与空地中生灵的哭号声稍微拉开距离后，我坐在一堆土坯砖边双臂抱住自己的身体："我胃里翻江倒海。"

"我给你十秒。然后倍速前进。"

"达维迪亚呢?"

"我在这儿呢。"她在我身后。

一个双眼像灯一样明亮的女人冲进我们这条小道的前方，跑的时候把双手高举在空中。子弹打在她周围的香蕉叶上。

当时我已经失去理智——如今我才看明白这一点。在我形成站起来奔跑的清晰思路之前，我们已经沿着这条路继续前进了一百米，呼吸急促，脚步沉重。在惊慌失措的状态中，我只能想起其他人的惊慌失措，小婴孩的脸肿成卡通漫画里那样，湿润的长睫毛和噘起的嘴唇还有婴儿的脸颊，泪珠像空气中的岩浆一样在头颅旁爆炸。我记得遗落在地上的鞋——人字拖，拖鞋，各种不适合跑步的鞋。

迈克尔撞上了我的后背，抓着我两边手肘一路推着我向前。达维迪亚径自向前冲，粗暴地扯着我们的衣服和香蕉叶超到前面，跑得越来越远。迈克尔推着我偏离小道，抱着我，让我停下。

“你不可能跑过子弹。”

“不，我可以！”我是认真的。

他指着小树林中间说：“往那走十米然后趴下。”他确保我按照他说的做，然后消失了。

好几支枪在响，但说话声少了很多。

我趴在地上。几步之外就是树丛边缘，右边是红沼泽地，我看到一堆东西在那片沼泽上燃烧，不知道过了多久我才意识到那是我们的车。部分主动轴还在，还有一个轮子及其轮胎，除了这些就只有依然冒着小火苗的外壳，周围的红色泥土散发出热气和烟雾。

迈克尔牵着达维迪亚走过来。

我站起来，跟着他们沿香蕉林边缘走入玉米田。我们停下脚步，看着白色皮卡向我们冲刺，一路压倒玉米秆，直到几乎撞到我们才停止滑行，这辆新潮小卡车的前挡风玻璃上印着金色文字：“所有人看过来”。士兵们从车斗跳下，我们三个被枪指着向前走。

我们在迪斯科厅前等他们劫掠完毕。大部分村民都逃跑了——不再有尖叫哭喊，只剩士兵的呼声、喘息和吼叫，更多的是大笑。负责看管我们的新兵渐渐走远，被激动搅得晕头转向，但我们没跑，迈克尔和我让达维迪亚坐在长椅上，我们站在前面挡住她，不希望任何人注意到我们、注意到达维迪亚、强奸达维迪亚——他们在迪斯科厅后面强奸了两个女人，一个年轻女人以及她母亲，两人在恐惧中显得毫无反应，仿佛睡着了，事后她们起身离开，边走边掸掉手臂上和撕破的长袍上的尘土。指挥官花了整整一小时才让部队恢复秩序。他宣布集合，三十几个穿着绿色迷彩服的年轻男人站在迪斯科厅前，然后他挨个严厉地训话，一遍遍指着荒地上我们那辆陆地巡航舰的碎片。显然，强奸和抢劫的罪行比炸毁一辆好车要轻。

迈克尔说："你看到火球了吗？那是汽油的蒸气。我就说燃油泵破了。"

十月十六日　早上六点

我知道迈克尔在睡觉。他在炮火中也能睡着。我不知道他被关在哪儿，也不知道达维迪亚在哪儿。我希望他们待在一起。我在主屋，跟指挥官在一起，还有其他十来个人，数字会浮动，人们来了又走。这是个宽敞的茅屋，有露天围栏，真的，茅草屋顶下有低矮的土坯墙、一张餐桌、一张破破烂烂的沙发、三把损坏的椅子。

他们拿走了我的背包，我的换洗衣服，护照，现金——面值二十的、五十的、一百的，一共四千美元。他们留下了我的天美时手表，也许是出于对该品牌的蔑视，或是对时间这个概念的蔑视。他们还偷走了我的笔形手电筒，但又把它借给了我，所以我现在还能在它微弱的照明下写字。

为什么拿走了所有东西却留下了手表、手电筒和我的圆珠笔，还给了我四十二张从学生作业本里撕下的纸？我整夜坐在这里涂涂写写，太害怕了，睡不着。酒劲下去了，我快疯了。真怀疑这些页面被写满之后会被他们拿去讨要赎金。

公鸡打鸣。大家都没动静，除了旱厕那边的人——一个身着脏亚麻长袍的年轻女人，光着脚，比女童大不了多少，拿着短柄锄头在地上挖凹槽，从凹槽的形状来看，恐怕是个坟墓。

十月十六日　早上八点

指挥官声称他们是正规军，但他很可能在撒谎，或者连他自己都搞不清楚。他的迷彩服上没有任何军衔徽章。在敞开的军装下，他穿着一件已经褪色的T恤，图案是个苏打水瓶或啤酒瓶。他自称将军，不肯透露自己的名字。他自己开一辆奶油色尼桑小卡车，写着“所有人看过来”的那辆。

他把我当头领，因为我是白人。

昨晚，在发现我的烂法语和他的烂英语都不足以进行闲聊之后，他朝桌上的录音机点头示意，然后按下它的播放键，把多莉·帕顿的《彩色外套》放了一遍又一遍。只有那一首歌，反反复复。这不是心理战，是一种展现好客之情的真诚尝试。

今天早上，他把他的将军早餐同我分享：肉汤中漂着几条牛肚，闻起来像煤油。我花了好一阵子才咽下那玩意，把碗放到一边。跟餐的还有一道甜点，一个高糖布丁上撒满了某种昆虫的腿，也许不只有腿。

十月十六日　中午十二点

早餐过后，我以为大家还在宿醉，他们却纷纷在将军喊出的命令下迅速爬起，集合于茅屋之间的空地参加简易的军事法庭，审判炸坏我们陆地巡航舰的那位新兵。

等到这三十多个人总算围成一圈，打起精神立正站好，将军的副官兼亲信把一个被脱到只剩一条破旧灰色短裤的赤脚年轻人从一间小屋里拖拽出来，让他站在新挖的坟墓前。年轻人的手被绑在身后，由一圈黑色橡胶固定。也许是一根内胎。

我加入这群衣衫不整没睡醒的士兵的围观之列。达维迪亚和迈克尔站在对面。他们相隔若干英尺。达维迪亚看起来没有受伤，未受侵犯。想必是美国护照的魔力起效了。

带着加纳护照的迈克尔没能享受豁免权。与我视线相对后他侧过身——他的双臂也被固定在身后，但穿过拥挤的人群我看不到他的手。他笑了笑，又耸耸肩。

将军以类似的姿势面向我们，双手背在身后，双脚打开，简单跟所有人打了声招呼——我猜用的是一种本地化的法语——然后扯下墨镜转向罪犯狠狠训诫了至少五分钟，他朝那可怜孩子没有闭合的嘴大吼，一直吼到他喉咙深处。在这气势汹汹的训话期间，将军的亲信戴着镜面墨镜和头盔来回踏步，拿手枪反复拍打另一只手掌，训话一结束便把那孩子推得双膝跪地，用枪指着他的头。年轻人号啕大哭，又在将军的怒吼下恢复沉默。等一切都安静下来，将军用法语倒数："三！——二！——一！"手枪的击锤扣到了空膛上。

将军大笑起来。接着整个部队也跟着大笑。

将军把自己的亲信推到一边，拔出自己的手枪高高举起，往后拉开套筒，仿佛在演示如何给这件武器上膛，然后狠狠将枪管抵住那孩子的脖子，迫使孩子脸贴大地哭着在他面前跪下。部队里有人开始大喊——将军这次会干掉他！……将军挨个凶狠地盯住每个人的脸，什么都没说，直到他逼视得所有人都摆脱酒劲，陷入清醒的沉思。他动了动肩膀。调整了站姿。双脚站定。依然在演戏。我很确定。但手枪上膛了，一个小失误足以演变成一次谋杀，而在非洲，就像老手们向我保证的，第一次杀人就像拔出了酒瓶的软木塞，那之后再也停不下来。

十秒过去了。男孩再次开口说话——一种可怜的、惨烈的声音，他的脸像新生儿——试图向这个准备送他上路的男人说话。

将军向天空发射出响亮的一枪。喊声再次出现——耍了我们两次！将军转身背对年轻人，将武器朝向人群，瞄准了迈克尔·阿德力克的脸。

迈克尔摇头晃脑地咧着嘴扮小丑。没有人笑。他两肩上各搭着一只黑色的手，但两位看守者似乎不知道当将军用英语大喊“那个人！”的时候到底在喊谁。

可能他们没听懂。他一直说那个人，那个人，那个人，直到这两人取下步枪用枪口推着迈克尔走到沟边。将军伸出手，手心向上，示意手下递上武器。一把装有折叠枪托和手枪柄的AK被递到他手上，他抡起枪，枪管戳到迈克尔胸前。

迈克尔后退几步进入深沟，踮着脚掌单脚站在年轻的新兵旁边。将军用枪口对准他的一只眼球，接着是另一只，然后再回到第一只。迈克尔扭头闪躲后用双唇包住枪口，吮吸着，搅动舌头给它一个法式湿吻，全程抬眼盯着将军的脸，仿佛在勾引女人。噢，迈克尔。如果有笑声的话……大概会是将军的笑声。但事情的发展已经超出将军的认知，他不得不等迈克尔来决定接下来会发生什么。迈克尔把头缩回去，移开目光，将军抓住这个被他视为投降的标志，把步枪还给了它的主人，弯下腰，伸手拉住迈克尔的胳膊，扶他出了深沟。他轻声跟迈克尔说话，迈克尔也轻声回复。我不知道他们说了什么。

很快，集会结束，士兵们解散了，他们重新把迈克尔带回小茅屋。显然，他们把迈克尔和达维迪亚分开关押。

在他经过时，他对我，对达维迪亚，也对空无一物的天空说——“我们会没事的。我正在跟这些人交谈。他们中有一些是卡克瓦族人，像我一样。”

不知道怎么回事，他不仅骗过了死神，还骗来一支香烟，在他重新被拖去关押时，一个看守他的卫兵为他点了根香烟。他吐着烟圈，眯着眼，一路跳着回去，仿佛十分习惯把两只手背在身后抽烟。

我接近达维迪亚，抢在他们再次把我们分开前。我问她：“你还好吗？”

她说：“还好，还好。你呢？”

十月十六日　下午一点半

我又回到将军的营房。《彩色外套》——《彩色外套》——《彩色外套》——

我的笔换上了新笔芯，但笔尖总漏墨。现在得更加小心笔法。

缇娜——

缇娜。我不觉得你还能见到活着的我。不妨就跟你坦诚相对吧。我用这支笔写下的每一笔每一划都是想说：我的心已经属于这个女人。我爱上了达维迪亚·圣克莱尔。她的出现让我看不到任何其他。这个早晨，她的靠近让这些暴徒搅动的所有惊心动魄都不值一提。

现在我有两种感觉。我为达维迪亚安然无恙而心存感激。我为迈克尔没有死而遗憾。

第四章

重新上线——在睡了十一小时，洗过澡，剃过须，再喝上三杯美式咖啡之后——我写给缇娜：

四处的小伙子们会联系你的，而且我猜你那边已经有人多少跟你透露过发生了什么。

我很后悔让你蹚这趟浑水，不后悔其他，只是后悔让你卷进来。深感后悔。

我不想显得敷衍，可我必须简洁。不知道这台机器我还可以用多久。

我猜他们会拦截这次通信，删掉一部分——但是老兄，拜托，让我把下面这些信息原封不动发送给她：

听着，缇娜，等那些四处的小伙子来找你的时候，千万记得你其实是为美国工作，而不是北约，不算是。我劝你不要跟他们交谈。实际上你完全可以马上回华盛顿，甚至回密歇根老家。

老兄，谢谢了。谢谢你们让我把这点建议发出去。

我只是想小心点，免得冒犯了我的东道主。东道主是谁？去他的，就像咱们美国佬爱说的，要是知道就好了。情报的朋友。愚蠢的盟友。

这么说太嚣张了。他们一直很友好。我应该删掉这句。

——但我看到他们来找我，所以按下发送。

/

第二天下午，我的背包、我原本的洗漱用品、刚洗好的内衣——也是原来那些——都出现在了我床上。但表不在。

也没有我的衣服。我们依然到哪儿都穿着红色的涤纶睡衣，面料跟床上的白床单一样——不是折叠床，都是军营床。我们依然穿着他们发的橄榄色袜子、短裤和内衣。他们允许我们留着自己来时穿的鞋。

“我们”指的是我和我唯一的室友，一个法国人，帕特里克·卢克斯，不是帕特里斯，他个子矮小，长着鸟一样的脸，戴着巨大的玳瑁眼镜，胡子五天没刮，指甲被咬秃了，体味像亚麻籽油……或许这是我敏感的鼻子嗅出的冒牌货、卧底或告密者味道？

刚果军队找不到我们这儿来。我可以安然入睡而不用担心被枪口戳醒并挨枪子；但恐怕我得面临的情况是某天早上醒来，发现美味的咖啡在等我，一同等着的还有即将因间谍罪逮捕我的消息。

/

第二天晚餐后，我在网上写给缇娜：

我不会以向你请求宽恕来激怒你。我希望你恨我，真的，就像我恨自己一样。我不作解释——你不会明白的——我只想说这些：有一天，迈克尔问我是不是真的想回到那种无聊的生活。我说绝不。

他们审查并退还了我手写的几十页纸。显然，这些并不会影响他们统治世界的计划。如果我有机会从这个麻烦里脱身，我会把我写的那堆东西抄录一份给你，可能我甚至会找一天把我亲历的事情从头到尾都写下来，所有事，从——十七天前开始？真的吗，才十七天？

他们定了些规矩。我每天有一小时的上网权限，只能发报告给 NIIA 的人（包括你），以及我最好不要以任何方式干扰到他们的进程——否则呢？也许他们会没收我的红睡衣？

现在我能告诉你的是，我依然在非洲。在一圈圈崭新且闪亮的刀片刺绳铁丝网后面。在四个沙袋厚、近四米高的路障后面。

我猜他们也会对这些做改动，但我还是要说：我很确定，我还好端端在这儿得多谢达维迪亚·圣克莱尔，多亏她跟美军第十特种部队的关系——我发现自己目前在他们手中。昨天，我在营地里瞄到的那个人应该是他们无畏的领袖，上校乔治·提比斯本人。整个第十部队的指挥官。我很确定这是他们故意让我看到的。

这里不是监狱。只有我的室友和我穿着红色睡衣。关押那五十来个非洲人（他们穿白色衣服）的设施似乎只是临时拼凑的——他们成群地被捕，又很快被释放。

我们睡衣上写着“奈尔”和“卢克斯”——马克笔手写的——但这里的人制服上没有名牌，也不会把名字印在T恤上。

即使吃着饭，卢克斯也总把眼镜取下来，反复在镜片上哈气，再用衣角擦拭。他只跟我说法语，但他发小舌音时像个西班牙人。我搜集到的信息是他从马赛工作完回家，却发现自己的妻子——一个刚果女人——失踪了，在四处奔波寻找妻子时他做了些什么，他猜不到是哪件事，导致他跟美国的宏图大计产生了冲突。

没人阻止我四处走动，但只要我去，总会有至少一个大个头士兵也去同样的地方散步。

达维迪亚一定还在这儿。我没理由相信他们带她去了别处。

迈克尔·阿德力克在别处。他压根没到这里。他消失了。他逃脱了。

/

两天的审讯后，我有了喘息的机会。

离线中，我转录完给缇娜的手写信。笔记本上信的结尾很简短：

我把脸贴在桌上睡了两小时，醒来后发现一切都变了样。将军归还了我的背包和衣服，甚至归还了我四千美元里的几百——所有面值二十美元的纸币。

迈克尔坐在将军的皮卡车斗里——手松绑了。我看到达维迪亚坐上前座。白昼变为黑夜。一切是否变得上下颠倒——

还有很多事——得出发了——

……好吧，缇娜，都在这了。我从惊恐囚犯进化到困惑在押人员的全过程。

迈克尔或者达维迪亚肯定告诉了刚果军队她与第十特种部队的关系。而且只是出于达维迪亚的关系，肯定的，因为迈克尔失踪的时候根本没人在乎。

最后一次见迈克尔时我正坐上卡车，与刚果那位所谓的将军还有达维迪亚一起。迈克尔俯在围栏上，几乎探进我这边车窗，递过来一粒口香糖。“拿着。给自己找点事做。”

那晚行程的结尾宛如一场魔术。下雨了，坐在将军皮卡车斗的人们用一张深色塑料遮雨布盖住自己。等他们扯下布，迈克尔已经消失了。

护送我们的是三辆美军步兵的尼桑皮卡，跟将军那辆一样，只不过是橄榄绿而不是白色。

达维迪亚和我上车后，其中一个负责看守我们的年轻人对我说："纽瓦达山。"

"什么？"

"我从那儿来。我是卡克瓦族人。"

"什么？"

"你的朋友在那里。"

"迈克尔？我的非洲朋友？"

"是的。他去了纽瓦达山。"

"噢！"我说——终于明白他的意思——"是新水山①。"

至于最近，缇娜：无事可报。只不过是在无所事事、煎熬和希望中度日。我提出了一个建议，也许事情会有转机。双方可能会达成一些共识。无论如何，他们暂时没有拒绝，并且给了我一天假期。这假期来得正合适，我依然头晕目眩，昨晚几乎没怎么睡觉，而在那之前我根本没胃口吃晚餐，因为我的午餐被一个从天而降的美国佬打断，哇哦，那可是个超级大混蛋——估计是 NIIA 的人，但他隐瞒了身份。

当时饭桌上还有帕特里克·卢克斯——那个自称同在羁押中的"帐友"，我们听到直升机飞来又飞走的声音，想必是那个刚来的美国佬，但当时没多想。十分钟后他出现了，那横冲直撞地穿过餐厅的样子像只笨乎乎的卡通动物，我想说的是那种个人气质上的别扭感，仿佛在竭力保持一沓盘子的

① Newada与New Water（新水）发音相近。

平衡，但他只不过将双臂抱在胸前。蓝色格子衬衫，卡其色长裤，棕色乐福鞋。“来跟我谈谈。”——而我说，“不。”他留着棕色刘海，头顶秃了一大片。长着肥胖的脸颊和一双深情而愤怒的眼睛。比较年轻，三十五六的样子。

他站在我身旁，倚靠餐桌低头看着我，直到一个中士和一个二等兵走过来，从后面架起我的双臂把我拎起来。士兵们把我推出去，而他径自去了服务区，显然是为了吃午餐。

上线后，在按下“发送”之前，我加上：

把我带进帐篷后，中士离开了，二等兵随意地站在外帐旁，我则占据了帐内的半数家具——两张折叠椅中的一张。

中士回来时自己带着一把椅子，展开，而后坐下，盯着我。我们一起花三十分钟等来了我的第一个审讯者。

我什么都没说，中士也什么都没说。

每次审讯的每一分钟他都在场，可他从来不说话，他也从未停止盯着我。

/

必须回答得够快。犹豫便是撒谎。

“我们从你那里收到了很多无事报告。”

“‘我们’？”

“你的报告都转发给我们了。都是无事报告。”

“如果没有事情可以报告，我就会发这个。难道你们希望我胡编乱造吗？”

“为什么你会连发两封同样的无事报告？两份报告只相隔三十秒。”

胃在下沉。我为自己无法控制住呼吸而恼火。

“十月二日，你在弗里敦站一连发了两份无事报告，时隔三十秒。那是为什么？”

“那是我第一次使用那台设备。我想保险点。”

“但在十月十一日你在阿鲁阿站却只发了一份报告。你不也是第一次使用那里的设备吗？”

“似乎没必要那么麻烦。我对那台设备有信心，那里的配置看起来更可靠——显然可靠得多。”

“你为丹麦工作为什么不当丹麦人？”

“请再说一遍？”

“如果你为丹麦工作，为什么你不以丹麦人的身份出行？”

“我想我为北约工作。”

“你是陆军上尉。”

“是的。”

“哪里的陆军？”

“丹麦。”

“用着美国护照。”

“丹麦护照用起来有风险，我几乎不会说丹麦语。这会让我看起来像个冒牌货。”

“两封间隔三十秒的无事报告——听起来不像既粗糙又明显的信号吗？”

他说得没错。我没说话。

“谁会接收那个粗糙又明显的信号？那到底是为什么人设置的？”

“这也太无聊了。我们能好好聊吗？”

“我看到你穿着红色衣服。”

“你现在才发现？”

“白色是给听话的人穿的。不配合的人穿红色。关塔协议。”

“关塔那摩湾？”

“是的。”

“尽是些时髦缩写——我最恨这些。”

“把迈克尔·阿德力克的位置告诉我们。”

这时我数到五才坦白：“我把他跟丢了。”

“大致位置。乌干达？刚果？”

“刚果。”

“东边？西边？”

“东。”

“离这里近吗？”

“我只能猜。”

“那就猜。”

“我认为他有理由待在这儿附近。”

“你找到了他，你跟丢了他，他在附近。我们应该知道这些情况。这难道不应该报告吗？”

“从哪里报告？我们一直在丛林里。”

“我认为这属于有事可报。”

我竖起一根中指。“报告这个吧。”

“相信我，我会的。”

“很好。”

“终于有进展了，”他说，“你抽烟吗？”

“不。”

“飞叶子吗？鸦片？”

“从不。”

“从不抽哪一种？”

“够了吧。”

“酒精呢？”

“喝的。”

“没错。据报告你在弗里敦的教皇利奥餐厅里喝醉过，那天是……”他看向笔记本。

该死的霍斯特。老布鲁诺。“六日晚上。”我说。

“所以你同意。”

“我同意的是日期。不是我的状态。我当时没用酒精含量探测器。”

“那你发那条失控消息的时候呢，火箭插在你屁股后面，还有‘操自己去吧’之类的，那时候你醉了吗？”

“我现在清醒得很。操自己去吧你。”

他说：“奈尔上尉，他们会在二〇三三年三月给我一块金表，然后我就可以退休了。在那之前，除了眼前的事，我没有别的工作。”

“我已经回答够了。”

“如你所愿。但你我依然得待在这里。”

“我什么时候可以见律师？”

“随着你法律地位的变更，今后会有机会。”

“所以我的法律地位是什么？”

“还在变化中。取决于这次谈话的进展。”

“那么进展已经停止了。我什么时候可以走？”

“目前你正在关押中，根据美国反恐怖主义条例，你没有求助于法律资源的权限。”

“具体什么条例？”

“等你法律地位变更之后会被告知的。”

“好吧。假设这次谈话进展顺利，你能给我什么？”

“一个好的倾听者。”

“那就让我来提议吧，”我说，“我可以告诉你一切，而你得带一个高层来。一个能做主的人。”

“我不考虑任何提议。”

“那么我想你不够权限。”

“我不建议你做假设。”

“但你肯定可以让我见你上面的人。”

“又是个假设。”

“行吧。撤回我的提议。那就沉默吧。”

我们的保镖——那个中士——是个好榜样。他自从坐下就一直把手放在膝盖上，再也没动过。

半分钟不到我就开始揩上唇的汗。我为什么要开始针锋相对？我向他们透露什么真的重要吗？他们只不过在挖掘谎言，就算挖到真相，他们也只会丢到一边继续挖，蠢笨如狗。

那个审问者意识到不应该再这样下去。他看了看自己的腕表，可能是铂金的。“这样吧，奈尔上尉。不如你再重复一遍你的提议，而我不妨接受它？”

/

我们的帐篷有一个很好的橡胶顶，不漏雨。屋檐下挂了顶蚊帐，灼热的光整夜透过蚊帐照射进来，黄褐色阳光让人分不清方向，没有阴影。除了微波和卫星通信塔，整个基地像一片广阔而神圣的原住民遗迹，沙袋地堡和昆塞特屋从推土机挖的土堆间隙冒出来，它们中间有两台永远处于运转状态的巨大发动机。目之所及看不到燃料或水源储备——肯定埋在地下。一英亩的卡车和战车，一个小山般的飞机库，一个直升机停机坪。每日早晚有一个司号手现场吹响起床和休息的号角，用的不是录音。

我们的沙袋圈里还可以再容纳三个帐篷，但只有我们这一个。我的帐友喜欢坐在墙上盯着对面的铁围栏，里面都是非洲人，大概五十个，应该是圣主抵抗军或他们的同伙，女人在北边，男人在南边。没有孩子。男人们靠在围栏上，手抓着铁丝网一起说说笑笑，而女人们围成一团，从不看那些男人。偶尔来一阵急雨，将他们全都赶到角落的蓝色塑料雨棚下。女人间经常爆发争吵。我从来没听到任何像达维迪亚的声音。

帕特里克认为他也许能在其中找到自己的妻子，他是这么说的。还在演这出戏。我不买账。

我们和其他人一起吃饭。士官和士兵都在一个大昆塞特屋里吃饭，在那儿吃饭的还有其他平民访客和特别行动直升机机组人员，以及来自北约国家的在押人员，也就是我和帕特里克，唯二穿着红色睡衣的人。

我想，特别行动部的人似乎特别喜欢在你正想把叉子送到嘴边时开始提问。突然把你抓起来，再见了汉堡三明治，该去见审问者了。

这人是新来的。这很好。

/

我们在一个昆塞特屋见面，这是个办公室，有一张桌子和两把铝制餐椅，还有几个空纸箱和一摞足有我脖子高的即食军粮。“袋装饭菜，”他说，“要不要来一点？”我拒绝了。他给我端来了黑咖啡。我本来想要茶或牛奶。

我说：“石中士今天去哪儿了？”

“石中士？”

“我不知道他是否姓石，但他肯定是石头做的。”

“这里没有中士。”

“他从来没介绍过自己。那个平民也没有。”

“按目前的规定来说，这不是必须的。”

“但按目前的情况来说，这是礼貌的。”

“当然。同意。”

“所以——你是谁？”

“让我们先跳过这些礼节性问题吧。我能在不把你气坏的前提下这样提议吗？”

我过于愤怒，没有回答。

他用了一系列动作才将茶包放进杯里。这个人看起来比第一个人要年长，但在某种程度上，他看起来却更年轻，能看出他刚理过发，穿着量身定制的深色西裤和一件质量上乘的白衬衫——我不了解丝绸，但可能是丝质的——还戴着袖扣。他看起来正是我希望自己展现出的模样。

他在我对面坐下，几乎碰到我的膝盖。我们互相观察对方从杯里喝水的样子。

“奈尔上尉，我想听听你的意见。”

“我满脑子都是意见。”

“好。很好。在你满脑子的意见中——最近两天你告诉我们的一切是否都是在绝望中编造的、不可信的谎言？”

我数到三。“是的。”又数了一遍。“现在我能问你个问题吗？”

沉默。“你要去哪儿？”

“我哪儿都不去。”

“为什么不呢？”

他抿了口茶。

“怕万一我说的是实话。”

他喝光了茶。“或者万一你不再撒谎。还要咖啡吗？”

“不用了，谢谢。”

他起身把我们的杯子放到一边，然后把椅子拉到办公桌后坐下。“我看过所有你写的材料。”说着，他打开抽屉拿出一个马尼拉文件夹。

“是的。”

他把文件夹在眼前摊开。有打印出来的邮件，还有我写给缇娜的长信。“刚果军队给你开了个相当不错的派对。”

“是的。”

“压力很大。”

“是的。”

他花了几分钟仔细阅读那封信，信纸曾被汗水和泪水泡涨，现在凹凸不平。“有时候我希望自己有说这些话的胆量。我甚至没胆量这样想。”

我没有回答。

“换句话来说，我们在其中看到了很多愤怒，这不是我们期待看到的。不管是在什么程度的压力下。”

“我不否认——最近我一直不在状态。”

“当然，你也可以这样解释。如果你觉得这么说有意思的话。”

“好吧，我被派遣到这一带执行任务，才两周又被像恐怖分子一样处理。”

“我想你被认定为缺席任务了。”

“但我没有缺席，我在呢。我就在这儿，等着回去继续工作。”

“一个特种部队的随员擅离职守，放出令人担忧的关于高浓缩铀的言论。你被派去联系他，却只发了份报告声称自己已经这样做了，然后就再没消息。”他捏着电邮打印件的两角朝我举起来：“直到这次的狂轰滥炸。”

“我一直在根据自己的最佳判断执行任务。”

“也包括这封失控的邮件？‘婊子’之类的？”

“每个人都喜欢引用那句。”

“我知道。它太令人难以抗拒了。但你为什么要发送它？”

“演戏。”我说。

“真的假的？”

“我当时在跟一些不老实的摩萨德特工打交道。我得装得像模像样。”

“你是说，这无赖的摩萨德特工坐在你旁边，看着你把辱骂发给北约同事。”

“上一个人没有把我们的对话录下来吗？有吗？你没把它听一遍？”

“我看过讯问笔录的重点。”

“那么如果你想要细节，你可以把整篇笔录读一遍。别让我再重复。”

“所有这些，这些疯狂的消息，扔掉通信工具，被刚果军队逮捕，所有这些都是为了完成你上级交代的任务——盯住那个男人。接着你说你的形势急剧恶化。然后你提出了一个重启计划。”

“是的。”

他耸耸肩靠向椅背。摇了摇头。微笑。“很难说该怎么看待这一切。”

“我想知道达维迪亚·圣克莱尔的事。”

“关于这个问题，我没什么可以跟你分享的。说真的——我根本不知道。但她没遇上任何麻烦。我会更担心那个收到你信息的人。缇娜？这是她的名字吧。”

“你可以在那儿看到她的名字。我都可以看到，倒过来的。”

“这想必是缇娜·亨廷顿。在阿姆斯特丹为我们工作。”

“谁是你们？”

“谁——我吗？”

“你说‘我们’。谁是‘我们’？”

我们都笑了。

“我们是美国人，来自美国。”他说。

“好。她为你们工作。所以你们是北约？”

“不是。我是美国海军随员。”

“军衔？”

“我是随员。不属于军队。只是随员。”

“所以你不出海。”

“我出海。我被分配到船上了。”

“在印度洋吗？还是非洲大西洋？”

“呃，哪儿都去。它有螺旋桨。”

“航母？”

“不。是指挥舰。移动的办公楼。跟豪华邮轮差不多。USSOCOM。”

“我不知道那是什么。”

“USSOCOM？美国特种作战司令部。那艘船是这个地区的指挥中心。”

“这个地区。”

“是的。”

“意思是——民主刚果？东非？”

“是美国非洲司令部。非洲。整个大陆。”

顿时，我感觉自己爱上了他。我靠得更近，仔细看他的脸。“你是谁？”

“我是能做主的人。”

“但依然没有名字？”

“我的名字是苏珊·赖斯。”

“你不够黑，不可能是苏珊·赖斯。”

“以及，她是个女人。”

“我正准备说。”

“我是最接近苏珊·赖斯的人。”

她是白宫现任国家安全顾问。换句话说，是秘密与黑暗的女王。

他把双手放在前面的桌上。他喜欢这部分。“好的，奈尔上尉，你擦亮了正确的神灯。”

/

我和帕特里克坐在沙袋墙上看一群男人制作更多沙袋——实际上不光是男人。我们经常看到身着美军制服的女人。当然，我们也会看到穿白袍的非洲囚犯。从未看到任何平民女性。从未看到达维迪亚。

在停车场我数出了二十二辆尼桑皮卡，都有后厢盖。十几辆悍马。四辆史崔克战车，每辆价值数百万。直升机库里恐怕有一架足够装下所有车辆的飞机。

我对帕特里克说：“这些东西停留在科幻小说里的时候可比现在有趣多了。”

他似乎并不理解。

挖沙袋的人以三人一组的方式工作——挖沙，装沙袋，垒沙袋——从一堆沙土里装袋，然后将装好的沙袋放上平板卡车。我记得小时候在第一次海湾战争期间读到过，为了给炮台提供足够的沙袋，美国佬从美国漂洋过海运了成千上万吨沙子到阿拉伯沙漠。

在我们帐篷外有移动厕所和带淋浴的前庭，花洒连接着地底的热水。永远是热的。怎么都用不完。

食堂的饭菜相当精美。真正的鸡蛋，真正的土豆，产自美国的肉类。早上能闻到烤糕点的香味。

我们每人有两套红色睡衣、内衣、床单和毛巾，脏衣服会被士兵收走，八小时后干干净净地送回来。以至于需要自己铺床这件事逐渐显得不合理。

/

我几乎独自坐了一小时。审问员来的时候没有坐下，甚至几乎没走进办公室："我把笔录仔细看过了。"

"很好。"我说，但他已经再次离开房间。

五分钟之后他回来了，关上门，坐到桌前。我等他问我是否想要咖啡。他则陷入一种夏洛克·福尔摩斯式的冥思，手肘支在桌上，手指抵着太阳穴。

"你凭什么认为我们会付你一笔钱，让你从这里走出去？"

"这需要你们帮我弄清楚。"

沉默。

"我需要一个令人信服的故事。"

沉默。

"但如果我有一个足够好的故事，而且有一笔足够多的钱担保这个故事，事情就可以再度运转起来，而且会朝向一个必须被极其严肃地对待的方向。你不这么认为吗？"

"我们正在严肃对待。不论看上去有多不像。这个迈克尔·阿德力克的垃圾故事——阿·德力克？还是阿德·力克？"

“重音在第二个音节上。阿德力克。”

“一吨或更多的高浓缩铀。你真想这么说？”

“我个人只能担保有两公斤，大概吧——根据当时我手中的重量。”

“你把它握在手里了。”

“我这么做了。是的。”他沉默了。“我对核设备和它的制造一无所知。”沉默。“不过，我在想，一两公斤是不是能有什么大作用。”我希望我可以停止说话，然而他的沉默在对我起作用。“我的意思是爆炸威力。我没受过炸药训练。但那些潜在的危害。那些毁灭的潜力。”依然沉默。“所以就算它只有两公斤——”

“你接受测谎吗？”

“呃。好吧。在哪？这里？什么时候？”

“不会很难安排。我可以安排吗？”

“当然。如果这能让你高兴，可以，当然，但我意思是——我可以现在就告诉你，你测不出结果。我是说——我已经说了太多的谎言，也听了太多谎言，以至于已经分不清什么是真什么是假。而且我们在非洲，你知道”——闭嘴闭嘴，我对自己说，闭嘴——“你知道这里到处都是神话和传说，还有谎言，谣言。你意识到了吧？”我咬住了舌头，总算有用。

他等待着，但我说完了。

“好吧。给我一分钟。想喝咖啡的话不必客气。最多十分钟。”他离开，把半敞的门留在身后。

咖啡壶就在我手边。我给自己倒了一杯——昨天的，常温。

我没能酝酿出一个有用的想法。我一直在品尝咖啡，期待它变热，变新鲜。没有手表，只能靠猜，比起十分钟，感觉更像过了三十分钟。

他回来时给自己也倒了杯咖啡，然后坐回座位上，抿了一口，说：“上帝啊。”然后陷入沉默。

他打断自己的思绪，说了一句：“没有测谎仪。”

他起身走到门边喊道：“克莱德？”然后又坐回书桌后。“拿走这些杯子，可以吗？”他对进来的二等兵说。“再给我们倒些新鲜的来。不用一大桶。只要大约一小壶，行吗？留着门。”

沉默继续。感觉在我们拿到咖啡之前这个世界什么都不会发生。

“我被授权告诉你达维迪亚·圣克莱尔已经在回家的路上了。”

“啊……”

“你可以认为她已经被约谈过，问询过了。非常仔细地。”

“你是说她已经离开了？”

“我们还是专注于这个房间里的人吧。”

“告诉我吧——她走了吗？”

“就算她还没走，也马上就要走了。”二等兵向屋里走了一步然后停下。“谢谢你，克莱德。是克莱德吧？”

“是的，长官。”

“谢谢。离开时把门关上。”他对我说：“我希望听到你亲口说。”他把咖啡壶留在桌上。没有倒咖啡。“我想听你具体想要什么。”

"好吧，就是你几分钟前说的那些，你的提议。"

"我的提议是？"

"是你付我一笔钱，然后让我离开这儿。我则继续执行我的任务，看那个交易是否还在进行，或者是否可以重新开始，看我们能不能安排各方人员聚到一起。"

"那些在你指控中策划着前所未有的阴谋和犯罪的各方人员。"

"是的。那些人。"

"你，还有那些以色列人，还有阿德力克中士背后的人。如果存在的话。"

"这将是我们的目标。"

"一个缉捕圈套。"

"这词听起来，"我赞同，"像是合适的术语。"

"我们已经有了合适的术语，又有了童话、胡话，还有什么，老天，"他说，"我现在心中没有一丝怀疑。你在耍我们。"

"但——我们还是谈到这儿了。"

"我无法否认。自从9·11开始，追寻传说和童话就变成了一项正经业务。一个产业。利润丰厚的产业。"

"我们要谈价格了吗？"

"多么傻的一个人啊。"

"但如果是真的。"

"那我想这就是你报价的时候了。"

"他们想要两百万。"

"现金？还是转账？"

“黄金。”

“他们想要黄金？”

“可以做到吗？”

“黄金。最近黄金什么价？”

“大概每公斤四万五，美元。”

“四万五。所以，大约四十几公斤。四十四公斤以上。”

“就算四十五公斤吧。”

“四十五公斤的黄金。”

“你能办到吗？”

他的眼神让我感到遗憾。“你想听真话吗？”

“想。”

“我们可以办到任何事。”

/

午后。躺在床上。我听见直升机降落的声音。

帐篷的布面泛起涟漪。然后开始震颤。我打算待在帐内躲避灰尘，但一种直觉袭来。我可以感觉到。于是走向帐外。

我站在沙袋墙边，注视着那个我始终认为是提比斯上校的人，他穿着军装走向在摇晃中下降的直升机，左手拉着一个圆筒包，右手挎着达维迪亚·圣克莱尔的胳膊。

达维迪亚和她的护卫者停住脚步，任凭飞机着陆前搅起的红色云雾淹没自己。这是一架通用直升机，但不是黑鹰，是更小的型号，不知道是哪种。起落架触到地面，达维迪亚顶风俯身接近直升机。她只顾眼前的方向。没有向后看。他们开始登机时飞机几乎还没着地。

我跑过去想追上她。我大喊她的名字。她置身螺旋桨的咆哮中，听不到我的呼喊。我又喊了一次——“达维迪亚！”我喊了一遍又一遍。

我放弃奔跑，转身背对尘土。几秒后风停了，噪音逐渐变小。飞机一定飞得很低，当我再次环顾四周时仍然能听到它的声音，但无法在空中找到它的身影。

我回到帐篷，拉上门帘，坐回床上，眨着眼用手一遍又一遍地抖落头发上的尘土。

/

感觉到肩膀被人拍了一下，我惊醒了过来。夜深了，很黑，很安静。

帕特里克·卢克斯说：“这是你的衣服。”

他坐在我们唯一的椅子上。我看到他腿上放着什么东西。“该穿衣服了。”

他说的是丹麦语。

“什么？”

“该走了。现在路是通的。”

“等等，等等……什么？”

“该走了。带上点洗漱用品就行。能放进你口袋的那种。这是你的手表，还给你。”

巨大的喜悦令我从床上起来。“你这混蛋，”我说，“我就知道。”

“你更偏向英语？”他用英语说。

“或者德语，”我说，“我在瑞士上学。事实上我几乎一点丹麦语都不会说。这是我的衬衫？我上的是用英语授课的学校。”

“我们还有六分钟。”

“他们把我的衬衫洗缩水了。”

“该抓紧时间了。”

/

我把睡衣踢到一边，穿上衣服，一切准备完毕，我们的行动却推迟了，我在床上，帕特里克坐在椅子上，似乎无事可做，只能听发动机的轰鸣和外面泛光灯的电流声。他瞥了一眼他的手表。而我自己的手表——那块便宜可靠的天美时——显示凌晨一点十五分。

两分钟后他说：“现在可以走了。”

我们踏入橙色的光带和淅沥闪烁的雨中。帕特里克把身后帐篷的拉链拉好，我们穿过空地，径直走向敞开的大门，顺利从两个岗楼间通过。每个岗楼上有五名士兵，他们装备着头盔、夜视镜和盔甲。大门在身后关闭，我们踏入黑暗中。

雨停了，但我们依然看不到月亮。我们在没有手电筒的情况下沿路走了三十分钟，一直向北，用脚感受车辙和泥泞的落脚点。我们没有说话。爬行动物和昆虫的嘈杂声响，我们的脚步声和呼吸声，就是我们能听到的全部。

有车灯从我们身后很远处亮起。不久后我们听到了发动机的声音。

我们走到路边，车灯停在我们身后约十五米的地方，帕特里克走向那辆车，我想是一辆悍马，但我看不清，没过多久他的剪影便向我走来，然后随着那辆车掉头加速往回开而消失。

卢克斯开始用小手电筒带路。我能看到他手臂上挂着一个相当大的包裹。他把它甩到肩上，行走时碰撞出叮叮当当的响声。

很长一段时间那辆车的光圈都清晰可见。我以为他们会关掉车灯，但他们看起来不在乎。

等他们彻底走远了，卢克斯说："我们要从这里离开大路，休息一下。"

"可别在泥坑里淹死了。"

"不会的，是平地。"

他找到一处喜欢的地方，摊平手巾，背靠着树坐下。他把包裹放在两膝间，那是一个帆布军包。他解开包舌，在手电筒光照下拿出包里的东西，我单膝跪在他身旁看。光反射在他的眼镜上，看起来很奇怪，像脸上闪着两道火光。

包的最上层有一个巨大的文件袋，里面有一份刚果民主共和国地图。还有现金。面值二十美元的纸币。“这是我的钱。”

“你到这儿时带的钱。全在这里了。”

没有钱包，什么卡都没有。“我的护照呢？”

“你不需要护照。”

此外，还有一个文件夹——我在那个美国特种作战司令部的人的桌上见过——在黑暗中能看到里面有我邮件的打印件，还有我的手写信，而且不是复印件，是原件。“他们要对我收手了，是不是？我猜他们连我的睡衣都会烧掉。”

卢克斯没有回答，我看了看裹在手巾里的东西。金属叉。金属勺。一把折叠刀。一只小手电筒。“手机呢？我怎么保持联系？”

“他们可以找到你。”

“他们当然可以。”

包的底部有两瓶一升装的瓶装水，最下面是一个布袋。卢克斯把布袋放在地上展开，用手电筒的光扫过里面的一大堆金属块，每一块都被纸巾包裹。

我用牙咬住手电筒，打开了其中一包。与它沉甸甸的重量比起来，这玩意的个头相当小。三根指头就能盖住它。

一公斤黄金。

我说：“该死！该死！”手电筒从我口中掉下。

“奈尔上尉，听我说。首先，这里只有二十公斤。”

“那也值一百万美元。该死的！”

“别再说‘该死’了。”卢克斯放下手电筒，用衣角擦拭眼镜，擦完蹲到我那堆财宝上。“其次，这些不是真货。”

“哦，那么，去他的吧。去他的，该死。不是真货？”

他也打开了一包，在光照下用脏手指转来转去。“镀了铜和镍，还有一点金。里面只有铅。”

“谁会被这破玩意骗到？”

“没有人。只能骗骗彻底的门外汉——你知道的，会被皮条客骗的烂醉游客之类的人。这不是为精心设计的骗局准备的，它通过不了任何检测。这东西只能拿来让人稍微瞄一眼，没有更多用处了。只是给你装模作样用的。”

“这太离谱了。”

卢克斯大笑，说：“我笑是因为你很有娱乐性。我该回去了。”他把东西都塞回背包，拉紧包口，然后站了起来。他看起来非常赶时间：“换你来拿。”

我背上了背包。很重，但是个好包。背带很宽。应该走很久都不会磨破我的腋窝。

直到现在与他面对面，我才意识到他可能跟我一样高。但他有一种显得很矮小的人格，还有一张小鸟一样的脸，太小了。所以连他的体格都是假象。他的法国味，他那包黄金，他失踪的妻子——都是假的。

“我奉命告诉你带着这些金属去接近某些当事人。”

“我的理解也是这样。”

“他们会始终锁定你的位置。记住这一点。”

“是无人机吗？”

“我不知道有这回事。”

“好吧。”

“我只是个信使，但我个人能向你保证：你不会受伤。我们不像那样打仗，不伤害自己人。”

“当然。除了你们真这么做的时候。”

他说：“别担心。永远不用担心。还有，不要放弃你的任务。”

“我想都不会想。”

“如果你这么做了，”卢克斯说，“如果你失联了——你会陷入你无法接受的局面。类似地狱。永远被追捕。永远没有喘息的时刻。试图这么做的人都坚持不了多久。你知道的，不是吗？没有人能撑下去。”

/

美军的驻军在远离人烟的地方扎营。整条路上只有我一个人。从植物的香气上来判断，这条路是从一片桉树林中砍出来的。包里的东西有节奏地碰撞，我每走一步都说，太好了，终于没事了，太好了，总算结束了：我受够了你们，受够了你们的世界，我受够了你们，受够了你们的世界。

我肩上扛着二十公斤不知所谓的东西。多少磅？不止四十磅。可能有四十五。多少英石？可能有三英石。七百盎司左右。但这背包仿佛没有重量，直到我强烈的兴奋感开始为一个问题让路——我为什么不把它扔掉。包里想必有东西不间断地发信号给全球卫星定位系统，或者发给一架满载特别行动队的直升机，又或者是一个“掠食者”无人机，也可能是一群无人机——反正是把信号发给那些要么把我关进监狱，要么了结我的生命的人。

我跋涉了五小时，在此期间只走了几英里。在能看到林中小屋前，黎明已然来临——在如此靠近赤道的地方，黎明总是十分漫长，甚至显得犹豫。

我来到一片打滑的泥地前，只有深入丛林才能绕过去。我小心翼翼沿着泥地边缘向左走，遇到一片红色与黄色夹杂的沼泽，看起来非常致命，白骨像嫩芽一样从泥潭边缘伸出。在这样一片洼地里，任何生物都会被淹死。我甩下背包，在脚边打开。把证件、现金、地图和水拿出来。然后抓着背包的一条背带原地转圈，等背包旋转起来才将它甩飞十几米。它拍在泥潭表面，滑了一段，缓慢地沉了下去。

我的天美时显示现在是十月二十六日六点十七分。还剩五天零九小时回弗里敦。再加上一小时时差。我把手表从腕上摘下，顺手塞进泥里。

五千公里。一百三十小时。

我站在原地灌下一升水，扔掉空瓶，留下另一瓶，估计这瓶也留不了多久。背包跟所有金属物件一起下沉——手电筒，折叠刀，假黄金，全扔了——而我脱下衬衫，用它当包裹装其他东西。我考虑过扔掉皮带跟它可疑的金属扣，也想到了衬衫和长裤的纽扣，然后意识到不如直接脱光——这样做能带来什么确定性？总得摆脱更多东西。内在的东西。

/

我想到了迈克尔。我期望他此前一直在这一带寻找我或达维迪亚的踪迹，并且在此刻出现在我身旁。我一想到迈克尔，迈克尔就出现在那儿，蹲在前面大树的脚下——但那不是迈克尔。只是一个白蚁丘。随着日照，很多以桉树为食的白蚁的蚁丘逐渐显露出来，我觉得自己看到了模糊的身影或是鬼魂在树林间游走，监视着我，而很快，林间确实出现了很多走动的人，用细长条插进蚁丘捉白蚁。我现在走的这条路上有很多满身污泥、用头顶着一大筐白蚁去集市售卖的魁梧女人。没有人说话。她们的行为与幽灵无异。其中可能有一个来自在乌干达被我们撞倒的女人的尸体。但她们的脚踩在泥地上。我听到了她们的呼吸声。

我跟着她们走出丛林，进入达尔巴，那是一个没有电灯的小镇，甚至没有电线，只有几根从顶部断开的老旧电线杆，像巨大的枯萎的植物茎秆。小镇在一片炊烟浓雾中显现在我们周围，这个城市由坚固的法国殖民时期建筑组成，建筑的窗框与门框都空着，只剩下水泥空壳用来饲养牲畜，人们自己则在草坪上用树枝和黏土为自己搭建棚屋。

我在一家咖啡店停下，其实不过是个帐篷。我给了柜员一张二十美元的钞票，他让我睡在店里唯一的桌子上，只留下他的小女儿照看店面。

一个男人走进店里，我醒了，这人看起来像是嗑了全世界最嗨的药。他口齿不清，脚步飘忽，全身随他咧开的嘴移动。结果他只不过是被几小包“大象列车”牌烈酒灌醉。

我给他买了一包又一包，也照样给自己买。我问他说不说英语，他回答：“超级英语。”

“纽瓦达山在那里？”

“你要去拉·杜尔切。”

“怎么找到拉·杜尔切？”

“去纽瓦达山。”

“不，不，拉·杜尔切在哪？”我用法语问。

“拉·杜尔切！”我听到了这个意大利词，虽然可能他在说“拉杜乌勒齐”。

“拉·杜尔切在纽瓦达山附近吗？”

“她是纽瓦达山之母。”

“一个人？一个女人？”说完，又用法语重复一遍。

“是的。母亲。”他也用法语重复了一遍。

大象列车。我展开了刚果地图，跟他一起寻找纽瓦达山，也一起咬开更多塑料袋吸干里面的液体，但是地图变得越来越小，刚果变得越来越大，很快我们就迷路了。

柜员回到店里，给我带来一双懒人跑鞋，蓝色的；一条黑色牛仔裤，“艾尔高乔”牌；还有一件黄色T恤，上面印着一张棕色的女人脸。我问他这个女人是谁，而他用法语回答：“很漂亮！”我也用法语说：“是的是的。”他找给我的零钱是乌干达先令。我问：“没有刚果法郎吗？”他用法语说：“法郎？——不可能。”

问他纽瓦达山时，他指着北边说，在那儿，但我不知道怎么过去。去找棺材匠。他要去纽瓦达。他在教堂那儿。

是的，我看到教堂了。

他要去纽瓦达山。跟着这个棺材匠。

柱子上的时钟把两根指针向两侧展开，九点十五分。我赶了五小时路，睡了一小时，花了一小时灌醉自己。我在咖啡店背后的水洼之间找到一块干燥的土地，在那儿换上新衣服。牛仔裤和T恤很松垮，但蓝跑鞋恰好完美地套在我的脏袜子外。

/

我在基督教堂后方找到了一个人，很矮小，可能是姆布蒂人，属于俾格米人①中的一种，穿着运动衫和干净的长裤，塑料拖鞋闪闪发光。他站着，双手架着一辆绿色自行车前后推，似乎在看它还中不中用。我说："你是棺材匠吗？"他没听懂。我想回忆起棺材的法语单词，但我从来就不知道。有人叫他，他把我像傻瓜一样晾在原地，我只好跟在他身后，看着他手推自行车沿着破败的柏油碎石路向前走。

三角棚外的锯木架上放着五口艳紫色的棺材，其中有两口看起来相当短。他现在需要的就是这两口。他把自行车后轮靠在一块有凹槽的木块上固定好，然后把两口棺材——同样长，大约一

① 全族成年男子平均身高低于150或155 cm的种族都被称为俾格米人，贬义。

米——横着放在座位后，用黑色橡胶弹力绳绑起来，绷紧，猛拉一下，再绷紧。

他高高跨过自行车横杆，双脚撑地把自行车从木块上推下，踩上踏板。一瞬间腾空站起，然后再俯身慢慢坐下。他知道我一直看着他。我觉得他不喜欢被注视。

我远远跟着他。出城后下了点小雨，之后天空又放晴，再度回归炎热。柏油路中断于红色尘雾间，呼啸而过的巨大货车一辆接着一辆从雾中骤然冒出，车上印着“我迷路了”，以及法语的“一直到最终”和“无怨无悔”，只差半英寸就会撞到我们，仿佛是冥冥之中的某种安排。我在呛人的尘雾里跟丢了他，直到他离开高速走上分岔路，我才瞥见右方约四百米外有一点紫色。

好长一段时间我只是如牵线木偶般漂浮着，没有相信这两个小棺材会去往纽瓦达山的理由。太阳在向我们左边移动，所以，这条道路看起来在带我们往北走，而北方似乎已经足够成为做点什么的理由——因为，我记忆中的某些微粒把纽达瓦放在我和迈克尔、达维迪亚第一次进入刚果之处的北方。

跟上他的行程并不难，他经常停下来恢复体力。每当上坡，他都会下来推车，而我会在这时超过他。我从未打招呼或说些类似的话。我的鞋撑住了，但袜子已经残破不堪。没起水泡。我的脚后跟有点疼，但很轻微。

大约三小时后，在离高速公路很远的地方，这辆绿色自行车的后胎瘪了——可能是中了埋伏，因为爆胎发生在一个由长凳和打气筒组成的小铺前，小铺正在营业，而营业项目正巧是轮胎修补。修车人把轮胎从轮毂上拆下，扯出内胎，从另一条内胎上剪下一块修补破损处。

趁修车，我找到售货亭，买了一袋面包、一些蜡烛和火柴、两升水、黄色2B铅笔，以及一把安全起见用报纸包起来的厨房小刀。我付了一张五千先令的钞票，店主和他的妻子关上店找邻居们凑零钱。直到棺材匠重新上路他们都没有回来。

据我观察，在接下来的十五公里旅程中，这个运送棺材的人似乎一点水都没喝。我吃了面包，喝光了两升水，然后在对酒精的渴求中饱受煎熬。

我任由他在又一场雨中开路，接着雨停了。我们走进一片开阔的农田。淤泥中有山羊和人类赤脚留下的脚印。潮湿田野反射的强光足以灼伤我的双眼。我们路过一群男孩，他们放下锄头扑倒在玉米地里，倒下时双臂张开，下巴埋进土里，向麦加祈祷，但他们听起来像嗥叫的郊狼。紧接着，棺材消失于高地。我爬上高地，看到连绵起伏的山峦和剪影——一团团小屋；几棵孤零零的枯树；三座同样孤独也同样独特的通信塔，一座在北边，另外两座在西北。

已经卸下货物的棺材匠正沿来时的路往回冲刺。我走上前挡住他的路。一阵滑行后他停了下来，倚靠在车把上，让自行车偏到一边，伸出一条短腿，脚尖抵地。我问他这是不是纽瓦达山，他终于开口用法语对我说了第一句话："是的，这是纽瓦达。"然后再次前行，并随着下坡加快速度。我猜他可以在天全黑之前骑到宽阔的大路上。下山时，他扭过头来，再次开口大喊道："——

le lieu du mal！”我猜意思是坏、错或是邪恶的地方。

/

ATTENDEZ EN ANGLAIS（法语：以下为英文）：

劳烦找到此信的人将它送至刚果达尔巴附近的美国驻军

致相关人员（美国军事人员）：

请把所附材料转交给

达维迪亚·圣克莱尔

驻军指挥官马尔库斯·圣克莱尔上校　代收

美国科罗拉多州卡森堡美军第十特种部队

特此感谢

KAPTAJN ROLAND NAIR（丹麦语：洛兰·奈尔上尉）

JYDSKE DRAGONREGIMENT，HRN（丹麦语：丹麦皇家陆军日德兰龙骑兵团）

/

十月二十七日　大约零点

达维迪亚，

我真希望自己可以记录下这片寂静。就像置身海底。在这样的静默中，我的脑中会自己发出声音——我可以听到月亮，可以听到星辰。偶尔，某个棚屋里会传出生病孩童沙哑的说话声。

（我几小时前就开始写了。当时点了支蜡烛，可火光吸引来很多活跃在夜间的昆虫，其中一只麻雀大小的飞蛾用翅膀扑灭了火焰，扇着溅上蜡油着了火的翅膀坠落到我脚边，躺在地上拼命拍打翅膀，燃烧了几分钟——都是因为它的执念……后来我看到一轮半月初升，于是我坐到棚屋门口，等月亮足够亮时借月光写字。我想推测时间，但是月亮一天比一天圆，升起得一天比一天晚。最后一次有手表的时候月亮大概在晚上十点左右升起。）

我暂时不跟你交待之前的事了。总有一天我会把事情的前因后果完完整整地写出来。我会把它用牛皮纸包起来，用绳子绑住，然后塞进敦豪快递袋里寄给你，或者寄给缇娜·亨廷顿。我在写给你们中的哪一个？

对于你，达维迪亚。我只是想让你知道（如果这封能够寄到你那里的话），截至上述日期，我还活着。

在过去十天中，我第三次成为俘虏——不是被捕，而是被困，无法选择离开。在我的宇宙中，时间和空间交汇在十一月二日下午三点弗里敦的巴瓦奇餐厅——还记得巴瓦奇吗？——离这里五千公里，目前还剩一百一十二小时。至于怎么过去目前还毫无头绪。

我有一些蜡烛和火柴，但就像我说的——有扑火的昆虫。我有纸笔和小刀。背着衣服。七百二十美元。六万乌干达先令。没有信用卡和机票，没有护照，没有证件，没有预防疟疾的药。每一天都在被非洲同化。

我想，当风转向，也许我能听到山下小溪的声音，或者那里人们的笑声和哭声。

达维迪亚，几小时前，在日暮时分，我爬上这座山，抵达新水山上的村庄。我站在几十个棚屋之间。看不到山。蹄子和脚掌把山顶踏为一块平整泥泞的空地。唯一的色彩来自黄色的二十升水桶——满地都是这玩意。以及两口儿童尺寸的艳紫色棺材。棺材边有两个老人在锄地，一个用锄头，一个用铲子，他们俩都光着脚，但身着长衣长裤。

不远处，一男一女似乎在拆除一处住所，茅草屋顶被摘下，茅草放到一边。女人停下来，头往后仰，脸对着天空——我以为会有悲哀的号叫，但她只是颤栗了一瞬，然后似乎安下心来，继续工作。

一棵巨大的，像得了关节炎般面目可憎的枯树占据着这片土地的最顶端（我现在写着字还能听到风中树干吱吱作响）。四个人在树下，像猎犬一样朝最高的树枝号叫。其中一个白人女性在我接近时向我示意，她说："你是不是在想鸡都去哪儿了？"——我说我没有——"还在想羊去哪儿了？它们都死了。大部分孩子也是。死了。你迷路了？"——我说有一点——"你看起来不太平静。"——她想说我醉了。我说是的。

她和其他人走访了几个村庄，有两个女人和一个肩上扛着砍刀的健壮男人，都是非洲人。唯独她是白人——白白胖胖的，大概三十几岁——因为长途跋涉而满身污垢，但精神抖擞。

我说："上帝，我认识你。"

"你认识上帝？"

"我在白尼罗河官殿酒店见过你，不是吗？你当时在泳池里游泳。"

"我和我丈夫吉姆是基督复临安息日会的刚果传教团总部派来传教的。"

"我印象差不多是这样。"

"这是神圣的工作，"她说，"但每一天你都会想杀人。"

拿着砍刀的男人说："我们必须走了，妈妈。"

"我知道。我就是这么说的。"

她说她丈夫今天去达尔巴了，想在那儿找个卫生部的人，好让他们来这做点什么。"或者红十字会之类的人。可笑吧。但总得试试。"

"无国界医生组织呢？"

"他也会去问问他们，但他们喜欢在布尼亚附近待着，那里有补给。离机场近。还有妓院。我们叫他们无下装医生组织。"

这个女人一直挥舞双手，轻弹手指，仿佛在与蛛网搏斗，我像忧心自己的神志那样忧心她的神志。她说："过去两天我们检查过另外三个村庄。方圆五十里内都是一样的。人们都疯了，水里有毒，每个人都会死。我们劝说人们撤离——都走了，除了这帮人。有个女王在树顶上统治着他们。过来你就能看到。"

我们加入了其他人。我们上方几米处挂着一张椅子，就在两根粗大的树枝间。我们可以看到椅子的底部，下面悬着一双穿着白色网球鞋的脚，椅子上方的树枝搭着茅草顶棚，显然是为了保护那双脚的主人。

“早上之前她不会下来，但我们等不到那时候了。我们要在卡南加跟牧师会合。还有两公里路，或者更远。”

上面那双脚看起来一动不动。“她睡着了？”

“我不知道她什么情况。你是黄金还是石油？”

“什么？”

“你是这些公司的人吗？具体哪家公司？”

“都不是。我来这里找一个朋友，但我还没看到他。实际上，几乎谁都没看到。”

我们站在一块堆满了玉米叶和木薯皮的棕色土地上。向西能看到远处的信号塔，几棵孤树，很多棚屋——都是二维的，扁平地出现在夕阳下。而另一方向，万物都沐浴在昏暗的金属光泽中，十步之外的两口儿童棺材现在显现出奇异的紫色，一种不曾在任何地方出现过的紫。棺材旁那两个年迈的掘墓人几乎已经消失在土坑中。走过去能看到两个小墓穴间的阻隔已经坍塌，连成一个大土坑。泥中渗出的污水在他们抹平墓穴边缘时溅上他们脚踝，也许这与夺走孩子们性命的是同一种东西。

她说：“通常他们会在有人去世时举行盛大的守灵仪式，长时间地号叫和打鼓，但已经死去了太多人，如今这已变成例行工作。整个地区都有毒，都是拜对贵金属的贪欲所赐。这是精神扭曲导致的副产品。你是任何一种信徒吗？”

“不是。”

“我们后天就离开这里，我真他妈开心。”

“你们要怎么离开？”

“目前靠步行。吉姆有辆吉普。我们会在这些村里再绕一圈，然后回到卢本巴希。我们去布尼亚坐飞机走。”

“听着，”我说，“如果我能找到我朋友，我们需要搭便车离开这里。我不介意付钱，也不介意求你。”

“那得看车里有多少人。你要去哪儿？”——我说我不知道——“任何像样的旅馆，对吗？”——我说是的——她推荐去布尼亚。“那里有很多联合国的活动。维和人员这些的。那是个联合国镇。”

“布尼亚有多远？”

“几百公里。已经是最近的机场了。联合国在用，还有其他包机。”

“拜托了，女士。拜托了。我们不需要座位。把我们放到车顶就好。真的。毕竟这是在非洲。”

她的回复令我欣喜若狂：“我们后天应该就从这里路过。我们会尽最大努力捎上你们。到时候你要找白车顶的蓝色五十铃吉普。”

“我会的，相信我。”

“与此同时，你会见到女王。也许他们会选你当国王。”

“你在笑话我吗？”

“用不了多久，”她说，“一切都会可笑起来。”有那么一秒——我想是因为她强烈的怒气——她看起来很性感。她转向她的朋友们："下一站是卡南加。只有几公里，明白吗？"

他们继续走，四人并行。我看着他们走远。一支手电筒朝下山的方向亮起，光斑在地面上颤动……我没有问那个女人的名字，也没有告诉她我的名字，甚至没有问她是否见过看上去像迈克尔的人。

太阳已经落山。西边变成闪着稠密光点的可怖茄色。我独自站在女王的树边。我试过大喊迈克尔的名字，没有回音。据我观察，女王依然睡得安稳。

我察看了一两间棚屋。里面的人对我置之不理，即使我向他们搭话。

夜幕降临后，我找到这间空置的棚屋便走进来坐着，就坐在它的泥土地面上，这就是过去几个小时我的住处——也许要一直住到我死，大概是渴死。从中午开始我就没喝过水。很快我就会喝那条有毒的河里的水。

十月二十七日　大约早上七点

被女人的尖叫声打断梦境时我本没有多想——总会有女人或婴儿或动物尖叫——我尽可能久地赖在脑海的黑暗之中，直到口渴且害怕地从棚屋中醒来。我蹲伏在一个角落。女人的尖叫声在持续。还有锤打或劈砍的声音——没有节奏，只有暴力。我需要小便。我需要水。还有一个男人也在尖叫。

这种焦渴正在杀死我。来些下水道的脏水——我会喝的。但我现在不能去溪边汲水。我不敢离开棚屋。

达维迪亚。我看了一眼。迈克尔就在外面。阿德力克。我们的迈克尔。

我不会出去的。我很开心能看到他——我来这儿就是为了找他——但在知道发生了什么之前，我不能暴露自己。

我看见很多村民在棺材、墓穴和土堆边的地面上坐着。迈克尔在与一个高大的女人争吵，不，是交战。他和这个尖叫者是唯二站着的人，他们绕着直径十米的圆圈逼视对方，把人们、棺材和双人墓穴围在圈中。

我数出二十九个坐在地上的人。女人们穿着长裙和图案与颜色都很鲜明的上衣，男人们穿着毛衣或商标被洗掉的宽大T恤，这些人看起来都像在泥地里滚过，并对此丝毫不以为意。有两个女人把她们的孩子横放在大腿上。两个孩子都赤身裸体，瘦削，病态，眼睛大张着，看向另一个世界。一个女人裹着鲜艳而肮脏的裙子和头巾，坐在土堆上方，直直伸着腿。

迈克尔双手握着砍刀。有时他把刀举过头顶，仿佛要把太阳从天上劈下来。他和那个女人喊着克里奥尔语或卢格巴拉语，我听不懂。

我的猜测是：这个女人就是这个村庄的女王，拉·杜尔切，她从树上下来了——我认出了她的网球鞋——而这些人聚集在这里是为了参加那两个亡童的葬礼，迈克尔想必用他的叫喊和砍刀阻止了这场葬礼。他和拉·杜尔切带着仇恨互相号叫到近乎窒息，但他们不同时喊，而是有来有回——也就是说，看起来像在进行一场绕着其他人转圈的辩论。

她身穿黑色长裙和男士无袖内衣，胸部以下被撕毁。从轮廓来看，她的胸狭窄而下垂。

她的头如河马般硕大，留着非洲式爆炸头，眼球从眼眶里鼓出来，眼皮像鸟嘴一样衔着眼球——她的嘴小而圆，但张开后大得惊人，展露出很多方形的白牙。宽大的鼻子像一块在脸上碾平的三角形饼干。她很胖，大笑着，臀部随着趾高气扬的步伐颤动，把人、棺材和墓穴挡在她和迈克尔之间。

迈克尔的头发长出来了。他脚步沉重，踏着塑料凉鞋，穿着蓝牛仔裤和灰色帽衫，左手挥舞着砍刀，右手拍打胸口，胸口那儿写着哈佛。

自始至终我都觉得很渴。从昨天下午开始我就没喝水，眼前这戏剧性的一幕——以及这整片天空，土地——甚至海洋——在我的焦渴面前都显得那么渺小。

一分钟前，迈克尔开始用砍刀劈那女人的椅子，椅子放在她树边的地上，她帝王般霸气地向迈克尔冲过去，一屁股坐进椅子里，量他不敢继续劈，不敢将她也劈成碎片。

他用英文说——“我要毁了这个地方！”

现在她不号叫了，仿佛是为了颂扬自己的权力，她坐在王座上大喊，我想她喊的是“把食物拿来！把食物拿来！”，直到一个女人端来一个盛着东西的塑料盘，又道着歉退下。拉·杜尔切把谷粒往嘴里扔，谷粒洒满她袒露的肚皮，那肚皮布满了妊娠纹，我从这儿都能看到。“水！给我拿水！”他们急急忙忙给她拿来一升装的瓶装水——该死的瓶装水。她把水往头上浇，水溅到她脸上。她用英文对迈克尔说话时脸上依然挂着水珠：

“我是伊勒俄南——永生之神！”

他们停下了一切行动。迈克尔努力平复他的呼吸。听着，达维迪亚——迈克尔的面孔令我害怕。刀刃在他手中抽动。

她嘲笑他。

我需要水，而且我要在迈克尔杀了她之前出去。

十月二十七日　大约下午五点半

太阳很低，很红，很毒。我没法朝西看。

倒数至两位数了：还剩九十四小时。外加三十分钟。距离依然是五千公里。

我在河边喝足了水。不管了。毒素不会见效这么快。不喝的话明天就会渴死。我在河边休息，身边有些新认识的伙伴，四头瘦骨嶙峋眼神悲伤的布拉马牛，以及三位照料它们的牧民。之后我会把这些人的故事都讲给你听。我不打算离开这个天堂，我现在正悠闲地写信，悠闲地喝……不只是水，这些我也都会告诉你的，但现在——先说说今早的闹剧吧——

我走出藏身之处后，迈克尔又一次宣称：

“我要毁了这里！”他挥舞着砍刀说，“你们这些人都疯了！”

我站在门口，等迈克尔注意到我。一开始他没发现，但村民们都在看我。在失去笑容的情况下，他们的嘴在脸上几乎丝毫不占位置，眼睛看起来却异乎寻常地大。

看到我，迈克尔仿佛被一巴掌抽醒过来。他的双脚似乎率先识别出我，在识别结果沿着身体抵达他头部时，我向他靠近了一些，但没有近到砍刀的攻击范围内。

他环顾四周：十来个棚屋；那棵树——已经枯死；两堆红土；两口紫棺材；一个坑；以及他的族人，海难幸存者般挤成一团坐在地上。

他说：“她在哪？”他指的是你，达维迪亚。

“美国人把我们抓起来了，”我说，“你们团，第十部队。”

“她在哪，奈尔？”

“她走了。头也不回地上了直升机。”

他蜷起背。武器在他身边晃来晃去。“从在阿鲁阿的某个时刻起，她就不像从前那样爱我了。我感觉到了。在阿鲁阿有什么事发生过。”

我想带他离开眼前的景象，与他谈谈另一幕景象，谈谈你，达维迪亚，还有上校，还有那团经久不散的尘雾，还有那团将你吞噬的喧嚣的云。

然而：那个叫杜尔切的女人大步走到我面前，挤出一个热情的假笑，大喊：“上帝反着敲门！”

迈克尔说：“这女人疯了。”

我说：“想必你就是拉·杜尔切了。”

她尖叫道：“你给我们带了个英国人来！！？？”（我加这么多标点符号是因为她的举动跟漫画里的人一样。她用尖叫，呼喊——噢还有——狂笑、哭号、说教、宣言来交流——我不得不立刻同意迈克尔关于她精神状况的判断。）“你说对了，就是我！！！——我是拉·杜尔切！！！”

“给自己起这样的名字真蠢。”迈克尔说。

她仰面对着天堂，大喊：“哈——哈——”

“我得知她是这个村的女王之类的。”

“不止如此。她是个种族灭绝式的女祭司。”

拉·杜尔切指着迈克尔的头对她的教众们说：“你们听到魔鬼通过他的嘴说话了吗？”

“她管我叫她的囚徒，”迈克尔说，“她告诉他们我被她的力量囚禁在这。”

“她英语说得不错。”

“她是乌干达人。她是我叔叔的表亲。”

拉·杜尔切现在指着我，几乎碰到我的鼻子：“这个人来自一个叫邦科的氏族，他们的谎言令人发笑！！！”

迈克尔说：“他们挺了解你。”我说：“什么？”他说：“难道你不是骗子吗？为什么你在这里，达维迪亚却不在？如果你被第十部队抓到了，你是怎么逃出来的？你是不是为脱身出卖了我？他们还有多久会追上来?”他高举起砍刀。“我想把你劈开，看看还有什么谎言!”

刀锋并没太吓到我——吓到我的是他的模样。他长出了条纹状与漩涡状夹杂的胡须，头发鬈曲，眼睛发红，嘴唇厚而干燥。他往前臂的伤口上糊了红泥。他油汪汪的黑色脸庞、破烂不堪的汗衫、饱受摧残的牛仔裤——全都蹭上了红泥。他的凉鞋和脚也沾着同样的非洲泥土。

“迈克尔。把武器放下。我需要水。”

“我帮不了你。你看到她癫狂的眼神了吗?”拉·杜尔切坐在她的木椅上狂轰滥炸般四处发射怒火，宛如一个巨大的幼童。“这个女人在举行献祭。她想把人活埋。如果我不盯着她，她会在这群人里找一个扔进坟墓里。”

“她还有瓶装水吗?”

“她有一整个杂货店。”

“在哪? ——拜托。”

“渴死吧，奈尔。你把我出卖给了组织。”

“我没时间搭理你的指控。”

“你应该做那个跟孩子们一起被埋起来的人。”

“把武器放下，帮帮你的朋友。”

“以牙还牙，以眼还眼。”

“两件事，”我说，后退着，“首先，水。其次，我们离开这儿。”我猜我看起来很蠢，蹒跚着离开。他举着砍刀的样子看起来也很蠢，仿佛刀卡在空中拿不下来。

我探头察看了好几间棚屋，终于找到一间垒了几箱瓶装水的屋子，里面还有几箱麦片和罐头。这间棚屋的入口由一个靠在锄头上的男人把守。我一接近，他就把锄头像短棍一样举起来。我尝试用我所有的乌干达先令贿赂他，又换成用美元——二十、一百、两百——但他始终不愿意分我一点。

这时候我经历了某种时间错位。接下来几分钟的记忆有些飘忽，我不确定我记住的顺序与真实情况一致。

我看到村民们都站到了坟墓边，在沉吟和颤抖中原地变换脚步。他们在唱歌。跳舞。

拉·杜尔切和迈克尔恢复他们之前的舞步，沿着眼下的一切绕圈。

我没注意到紫色棺材的消失，直到它们重新出现在四个从我身后走来，两两一排的男人肩上。我猜，死去的孩子正躺在棺材里。人群中让开一条路，但他们仍然念念有词，丧尸般移动。

两个掘墓人在他们挖好的洞里等棺材被推过去，两人一起接住棺材放到地上，棺材落地时发出轻微的响声，接着，有人伸手把一个掘墓人拉上来，另一个则踩着其中一口棺材自己爬了出来，留下一串泥泞的脚印。

拉·杜尔切尖叫了一段时间，迈克尔简短地用低沉的声音回话，我想他们用的都是卢格巴拉语。

人群跪着绕坟墓转，徒手将土拨进坟墓。把土堆重新填进洞里之后，他们躬身倾听他们的女王演讲，其中充斥着大量“拉·杜尔切，拉·杜尔切”。接近我时，她改用英语继续她的话题："我叫什么名字？我叫拉·杜尔切·维塔！！它的含义是'生命是甜蜜的'。这就是我。我带来生命。生命是甜蜜的。但首先，我们必须牺牲。上帝首先会带走他想要的。他把婴儿放进嘴里。我们能阻止他吗？"她走入人群，依次盯着一张张脸，弯腰逼近："你能阻止上帝吗？——你能阻止上帝吗？那你呢？——你能阻止上帝吗？不能！！你们不能！！！你们到现在都还没有献祭，神生气了。我就是上帝，所以我知道！"我怀疑他们没有听懂。

迈克尔对她说："纽瓦达人不是那种泛灵论者或献祭者。这个村曾经信基督教。"——他念成"基舒教"。说完，他大喊，依然是用英语：

"都回家！坟墓已经够满了！回家吧！"

人群中已有不少起身离开。有些人在哭泣，没人说话。还有十几个人留在原地，守着他们的女王。

拉·杜尔切注视着那些离开的人，我意识到迈克尔在这件事上取得了胜利。

女王表演了一种缓慢的大象式舞蹈，口中唱着："哈——哈，哈——哈。"她指着迈克尔的裆部说："我要去睡觉了。一旦我开始做梦，你这里就会变成一块白石头。"

迈克尔大笑。假笑，但声音洪亮，来自肺的深处。他说："女人！如果我有柴油，我会把你泡在油里活活烧死。"

"拉·杜尔切要上去了！"女王浮夸地来回扭动，把屁股塞进宝座。两个掘墓人赶紧上去帮她。

树旁摆放着一张制作粗糙的桌子，上面放着几样东西，几升瓶装水——空的、一整根木薯、几个芒果，还有一些这片区域特有的绿色橙子。树干的钉子上挂着塑料购物袋，打着结，里面放了什么我不知道。衣服吧，还有食物。有一根杆子插在离树不远的土里，跟树之间牵着一条绳，上面搭着围巾、短裙和T恤。还有一双白色运动袜。树干上被砍出“之”字形阶梯，但拉·杜尔切没有用。

拉·杜尔切抬起一根手指晃了一圈，两个高大的女人和一个男人便拉住了她的绳子。通过深藏在树顶的滑轮装置，他们将她的椅子吊离地面，她一路怪笑着升上树干。

我们仰头看去——椅子在摇晃，绳子在粗糙的树皮上摩擦，人群中传出窃窃私语和大声欢呼——“哎啊啊啊，哎啊啊啊”——风跨过广阔的土地吹拂而来。

她指着迈克尔：“他的名字将会腐烂！”

我想起曾看到的一只蜘蛛也这样摆动，就在迈克尔的牙刷柄上。我想：是的，现在一切逐渐成形了。

我以为任何事都无法让我从焦渴中分心，但我听到了发动机声，一阵突如其来的希望令我振作。“是车来了吗？”

是牛。另一头牛也发出了呻吟。

我说：“去他的。骑着牛可没法离开这里。”

迈克尔挥舞砍刀在树上划了几道口子。他放弃了，似乎要去什么地方。

“迈克尔——我需要你集中注意力。我跟传教士谈过了。明天他们可以带我们离开这儿，去布尼亚。”

“祝福他们。”

“别这样。上帝啊，老兄——现在不是时候。我得去弗里敦，而且我已经想不到办法了。”

“离我远点。”

“我需要你帮忙。”

“离我远点。”

一旦他陷入这个状态，什么都改变不了他。我离开了他。

我沿着小路往山下走。

一只肩峰高耸的婆罗门牛在两米外撒尿，我用一只脏袜子从小溪里吸满水挤进嘴里。我的嘴唇从未触碰过如此甜美的液体，大约这样喝了五分钟才停下——因为在我所跪之地附近的树墩旁，有三个牧民聚集过来。其中一人递给我一个葫芦。我以为他想让我用它盛水，但实际上它已经盛满了黄色的液体，散发着刺鼻的酒精味，我知道我找到了自己的同类。

三个好人：一个年轻，两个年长。我忘记了他们的名字。他们看起来像浸泡在福尔马林中的尸体一样肿胀。还有三只发育不良、饥肠辘辘的母牛和一只下巴耷拉到地上的公牛，它抬不起自己的牛角。

我尽可能克服语言障碍，了解到这些：他们用最后一头牛换来芭蕉树和甘蔗，按照特定方式把这两样东西埋在一起，让其发酵成一种了不得的饮料，他们称之为“玛瓦”。我觉得这酒对牙齿不好——他们一颗牙都不剩。但我敢打赌，这些葫芦里的残渣能赋予骨头能量。

我无法判断他们是迈克尔的族人还是其他邻近的氏族。他们穿绳编的凉鞋。粗布长袍，棕色或者灰色，取决于光线。

我在河边睡着了，睡了很久才醒来，我坐在这里写东西，没有离开的打算，因为如果我猜对了他们的意思，日落时分将有一批新的玛瓦被从土里挖出来，我打算在这儿迎接我的复活。睡觉之前，我只喝了几口。

我才不回山上去对付迈克尔。我宁愿把宝押在第十特种部队上，也不要把希望寄托在迈克尔·阿德力克这个疯癫的丑角身上。

我应该保持清醒，留心一辆蓝白五十铃的动静。

真的吗？管他呢。有什么区别呢？我们离开阿鲁阿已经两周了，我一共才走了五十公里。

同一天　下午六点半?

噢，达维迪亚！或者我想说的是

噢，缇娜！

不管是谁，我呼唤你，噢我心中的女人。

玛瓦从两个五升的罐子里流淌出来。

葫芦碗在我们手中一圈圈传递。

我的同志们笼罩在扁平的黑色剪影之中。现在他们背对夕阳而站。从背后看像是燃烧的德累斯顿。我忘了他们的名字。我会再问的。

——奥德利

——戈斯林

——阿尔芒

花蜜的祭司，畜群的牧师，我也是其中之一。

如果我明天还不能靠钱或头脑脱身，我就回美国，然后是牢狱之灾？也行。

我的字可能难以辨认——不如归咎于天太黑吧。

而且我的铅笔尖钝了，但得了吧，受够了——每写半页就要削，让人身心俱疲。

奥德利、戈斯林和阿尔芒点燃了前身为屋顶的茅草堆上的干牛粪，我们的笑声随着火星升腾到黑暗中。

顺便提一句，达维迪亚，这就是他们在这附近拆除茅草屋顶的原因。为了烧火。

达维迪亚，我希望你能见见缇娜。

缇娜，我不确定自己想让你见达维迪亚。

我自相矛盾吗？不要紧。我很快会去牢里写这些，有足够的时间整理思绪。

面对现实吧。我得回到美国佬那里。

我把计划改进了一点：带着我剩下的钱去布尼亚，把它挥霍在与酒精和妓女最后的狂欢上，然后建议联合国逮捕我。

十四天五十公里。据我的计算，一个马戏团小丑倒立着走路也会比我快。

缇娜。

你很性感，缇娜。而且聪明。但你散发的不是迈克尔的女人们那种魅力。不管怎么说，你可能还是跟迈克尔有点儿什么。我觉得你跟他有过。你知道我的意思吗？我想说，你操过他吗，缇娜？我一直怀疑你操过，但我从来没有问，所以现在我问了。你操过迈克尔吗？

十月二十八日　大约早上八点

再次遇到迈克尔·阿德力克时，他的状态依然极其惨烈。他的脸看起来像被球棒打过，但实际上只是悲伤，只是不幸，跟物理伤害没关系，都是内心深处的映射。那还是昨晚。

关于悔恨再说几句。

悔恨在我心中搅动着，就像晕船。

如果你最近晕过船，你就会懂我的意思。这种悔恨在身体层面无法忍受。

昨晚我在跟牧民朋友们喝完酒之后爬上了山。他们叫什么来着？天哪。我忘记了他们的名字——也忘记了他们，还有他们的牛。他们在哪儿？我现在一个人在河边。

它们被称为幽灵①是有原因的。它们入侵，它们掌控，它们说话和行走。多么邪恶的幽灵（酒精）。

昨晚我想我听到了迈克尔在山上用砍刀砍东西。一边砍着

① 酒精与灵魂在英文中皆为spirits。

拉·杜尔切的树一边大喊“奈尔!”，每砍一下，“奈尔！奈尔!”

一定早就过了午夜，因为月亮升得很高，光线足够看清周围。我以“之”字形向山上飘浮，却发现那只是幻觉。没人跟那棵树过不去。

迈克尔背靠着树坐下，双腿向前伸直，砍刀竖直插在他两脚中间，他的手臂垂在身边，头耷拉在胸前——在坎大哈我曾见过一个人以一模一样的姿势坐着，当时那人已经死了。

我说：“我不在乎你醒着还是死了，或者别的什么。”

“我被打败了，仅此而已。”

“我们得走了，老弟。你为什么还留在这?”

“一些需要发生的事还没发生。”

“什么事可能会发生?”

“达维迪亚可能会来。”

“达维迪亚不会来了。她很厌恶这一切。她没有回头看，迈克尔。一眼都没有。”

“是我让她经受了太严酷的考验。”

“你是不是以为你可以做这里的国王，而达维迪亚会一同成为女王?”

“你让我的经历听起来很浅薄。你错了。这让我很受伤。我从来没想过让她留在这里。不是这样的，我只是想把自己的婚礼作为伟大的礼物献给这些人，然后离开。我一直打算离开。”

“怎么离开?”

“一直有一个脱身的计划。我跟你说过多少次了?”

“什么计划？谁帮我们脱身?”

“就目前而言，我们自己帮自己脱身。”

“那就快行动吧。看在老天的分上，迈克尔。”

“你到底是怎么回事，奈尔？你为什么要背叛我们?”

“你能以后再说这件事吗？我们先离开这儿，如果你知道方法的话。”

“我不会走的。”

“来吧，跟山下那帮牧民朋友喝点玛瓦。我们放松一下，然后好好谈谈。”

他不愿回答。我走了，心中盼望他会起身跟上我，就像一条狗会做的那样。

事实上我们已经喝光了玛瓦酒的最后一个分子，吸干了所有酒渣。出于这个原因，如果我当下的任务是走开，我会把它忘了。

我的脚带着我转身回去，然后我再次站在迈克尔面前：“很好，先生。发生什么了?”

“你醉了。”

“我们来稍微聊一下背叛吧。”

“你是这方面的专家。”

“有这样的背叛，也有那样的背叛。背叛和背叛不一样。”

“目前我没法跟你辩论。”

“我需要你帮忙。”

“走开。”

“乐意效劳。”

我重复着同样的事情——无法控制自己的言行。酒精支配着我。下山变成上山，我又回到迈克尔面前。

“在走之前，我只想跟我见过的最傻的大傻瓜说声再见。”

“那再见吧。你走不远的。”

“我已经认命了。让美国佬快点来收拾我吧。我要去监狱了。”

“他们管你干吗呢，说真的。”

“你以为你是唯一一个犯有愚蠢罪行的傻瓜吗？”

“你在胡言乱语。如果有绳子，我就把你绑起来。”

“我要下山等那些传教士了。他们有车。”

“太好了。也许你会昏过去，然后他们从你身上碾过去。”

酒精再次把我带下了山。魔鬼。破坏者。捣蛋鬼。这次一种平静的感觉把我压倒，在一种绝望的假性清醒中，我意识到我最好清晰有说服力地跟那个愚蠢的混蛋谈谈。

我再次回去时迈克尔已经站了起来。

“嘿。你要去哪？”

“别跟着我。”

“我之前忘了本来想说什么。是这么回事：弗里敦有些急事等着我去了结。”

“急事？你以为你在哪儿？”

“我谈好了一桩生意，”我说，“交易地点就在弗里敦，没得商量。交易日期恐怕已经迫在眉睫了。周四下午。”

“是什么让你如此为之疯狂？有钱赚吗？”

“得赶在交易窗口关闭之前。我们能去弗里敦吗？”

“布尼亚有联合国的飞机。”

“我们怎么才能坐上飞机?”

“钱和运气。”

“我认为我们最好试试。否则我麻烦就大了。昨天有一个人向我承诺我会下地狱。”

“这个承诺没错。”

“他的意思是我不可能一直逃亡下去,我最终会自首,这些你说对了——他的承诺是真的。我除了自首还能做什么?帮帮我。”

“不是现在。先睡一觉。”

“该死!你还说你有计划。噢,好吧。如果我说过我真的相信你,那我就是个骗子。”

“没错,你说得很准确。一个骗子。”

“等等。抱歉。等等。”

“我说过别跟着我。”

我喊他懦弱的外国佬,还喊他黑屁股的黑鬼。

“要我把你打趴下吗?”

“我会站起来的,你这黑鬼。我会站起来,然后继续来找你。”

“你在试图伤害我。这伤害到了我。”

还有我。毕竟,在那个十一月的夜晚,在贾拉拉巴德外沙漠冰冷的地面上,他不止一次用坚实的双臂温暖我,让我得以休息,得以睡去……我说:“去你的吧,你这死老黑。”

“行啊。继续。没关系。”

“我知道每个用来形容你的词。我母亲家住在佐治亚州。他们那儿依然挂着叛军的旗帜。”

“行啊，行啊。你忘了我在北卡罗来纳州待过。”

“布拉格堡，没错。卡森堡。有史以来每个美国堡垒。”

“我见过那些南方邦联的旗帜。”

在橘色的月光里，他低下头看自己的脚，仔细检查它们，抬起一只，又抬起另一只，我突然想到，在他为这种没意义的事分心时，我可以好好给他两拳，我可以打他双耳。我肯定这么做了，因为我发现自己被打得喘不过气，眼冒金星。感觉像在真空中呼吸。

“你不打算起来了吗？你说过你会继续来找我。”

我的嘴和鼻子都在泥里。魔鬼没有回应。

他单膝跪在我身边，把刀刃插在地上，离我耳朵只有一毫米。我以为他会勒住我的脖子，安静地了结我。

“这就是为什么你当了上尉之后再也没得到过提拔。小孩脾气。”

十月三十日　中午

达维迪亚，还有缇娜——

如果这封信在我有机会誊抄一遍，或混入一些半真半假的记录之前就到了你们手上——那你们会看见墨水。不再是铅笔了。你看，我现在的笔迹平稳。你们眼前的是崭新的信纸。

你们会猜到我转运了吧。至于是转坏还是转好，我一会儿说。现在先说这些：我吃了一两顿饭，在水池洗了个澡，然后穿上了新衣服。让我先把故事说完。

跟迈克尔打完架后，我脸朝下在地上睡着了。

早上，迈克尔轻轻唤醒了我。他问：“昨晚感觉怎样?”

他看起来很不一样。他拿来一升美味的瓶装水给我喝。瓶口刚碰上我的嘴，水就被我喝光了。

天空是纯粹的灰色。空气似乎很柔和。没有任何动静。我在想那些族人是否都死于昨夜，所有人一起。

等我可以站起来时，迈克尔把我带到河边一处水位没到我胸口的地方，让我可以穿着衣服在里面洗澡，非洲风格。这看起来是条真正的河——有激流和小瀑布——一个人们可能来纳凉和取水的地方，但是水质不好，没有人来。

云被吹散，早晨的天空变成蓝色。我重新活了过来，发现了瘦弱的牛群，甚至有几头小羊在嗅附近的土地。我躺在一块温暖平整的大石上晒太阳。迈克尔坐在我身旁，吸着烟——怎么做到的，我想知道，难道他能凭空变出香烟?

这时，我感觉到自己头疼，而且我整个人都觉得不畅快。我得承认：在失去意识时我吐过，接下来我整夜都把脸埋在自己的呕吐物上。如果晕过去时是躺着的，我可能已经被噎死了，那我的苦役就结束了，但没这么好运。这时迈克尔说：

“人生短暂，但时光漫长。回望我的生活，我看到了很多，我的童年……”

我躺在暴饮——一个写实的词——带来的令人头晕的呕吐物中间，迈克尔跟我说他从刚果军队逃走之后的事：身无分文，流浪，在路边跌跌撞撞，像弗兰肯斯坦的怪物一样爬过田野。他在美国驻军附近扎了两天营，但没想出计划。我没能帮助你，迈克尔说，我没能帮助达维迪亚，我没能帮助我自己。我那时什么都做不了。所以我来这儿了——而再一次，我什么也做不了。我的族人病了，疯了，他们在烧自己的棚屋，他们没有食物。他们中没有一个人还记得我。他们记得我父母，记得我母亲的兄弟，记得我父亲的两个表兄开店卖衣服和绳子——但他们不记得孩子们，不记得我，不记得我死去的哥哥，不记得我离开后死于动乱的两个妹妹，就在我刚离开部落的时候。于是咻地一下，我们的存在被抹去了。这个女人，拉·杜尔切。我真想杀了她……

迈克尔继续说：

"我想我第一次杀人的时候是九岁。我不确定当时多大——也不知道我现在多大，真的。"

"告诉我你当时杀的是女人还是孩子。"

"说这个有什么用？"

"我不知道。只是觉得你陷入了悲伤的回忆，想破坏一下气氛。"

"当时有两个人，我不知道是谁。那是在复仇期间。我们族的战绩很不错，你知道的，那会儿伊迪·阿明·达达当政，他也是我们卡克瓦族人。但自从他逃跑，砍刀就一齐指向卡克瓦族人了，面前这条河流淌着我们的鲜血。村子被占领之后我回到了这儿……这就是事情发生的地方。我听到两个人在棚屋里说话，只听到声音，没听清说什么，甚至听不出来是哪种声音——男人、女人还是孩子——然后我向里面扔了一根炸药棒。那个棚屋就在那儿。你的双脚刚刚走过我的第一次谋杀现场……如今我再次回来，一切都死了。是不是我给我的族人带来了诅咒？我做了什么？我是不是做了什么？”

我从没想过迈克尔会害怕，没有真的想过。至少不是现在这种惊恐。

我仰面躺着，紧紧抓住我的思绪，或者，这么说吧，寻求我本心的平静——然后不再坚持，知道这没有意义。

迈克尔说：

“还有，我从来没跟缇娜在一起过。即使我在认识你之前跟她在一起过，我也会告诉你。”

“我相信你。我当时疯了。我也有些事想说。你在听吗？”

“我在听。”

我站起来，直视他，努力想让他相信接下来的话——因为的确是真的——“我从不出卖朋友。我可能会试图在背地里抢他的女人——在我跟他的女人远走高飞时留这倒霉蛋自生自灭一会儿。但我不是个出卖兄弟的人。从来不是。”

迈克尔把砍刀扔进水里，它沉了下去。

“天哪，老兄。我们可能用得到它。”

“上天作证，只要我活着，我就不会再夺走一条生命。我绝不会再杀哪怕一个人。如果必须有人死的话，我宁愿自己死。”

他之前把抽到一半的烟戳灭，放在旁边的石头上。现在他把烟捋直，从裤袋里取出火柴盒，花了几分钟点上烟，一直抽到只剩滤嘴，看起来对自己很满意。他把烟蒂扔进水中，站起来，向我伸出一只手：“该走了。我们去哪儿跟传教士碰面?”

“山下那条路——在东边，你来的那边。”

“我们什么时候见?”

“我甚至不知道他们是不是真的会来。但是那女士说是今天的某个时候。”

“我们去那边等着吧。我们需要到布尼亚去。”

“迈克尔，”我说，“你可以走到那儿，但我不行。我不是非洲人。这方面我跟达维迪亚一样。”

“那你打算去哪?”

“我猜是监狱。”

“你觉得我会任他们抓你进监狱?”

“还有别的办法吗?”

“我不是一开始就告诉过你吗？我们一直有一个脱身之计。”他发出了猪在食槽前发出的那种声音——为了吸回他的眼泪。这一刻，他为自己能控制住过于丰沛的情绪而骄傲。“经历过这么多事，我们俩依然在。”

达维迪亚：我们走出村子时，那个河马一样的女人拉·杜尔切召来了她的族人，让他们在下山的半路追赶我们。她喊道：“嘲笑他们，嘲笑他们！”然后是法语：“笑啊！笑啊！”

她说：“不要碰到他们，不要跟他们说话，你们看到他们眼里的魔鬼了吗？笑啊！笑啊！”

我不认为他们可以做到，但有一两个人勉强对我们挤出稀稀拉拉的笑声。很快整群人都像狗一样叽里呱啦。迈克尔弓着背。低垂着头。“笑啊！笑啊！”像母鸡，像受惊的鹅。我跟在他身后，看着他被自己的家族驱赶。

十一月一日　下午六点

亲爱的缇娜，亲爱的达维迪亚——

我又一次在烛光下给你们写信，但仅仅因为弗里敦的这一角又停电了。

现在，我们住在国家骄傲酒店，但这里没什么值得骄傲的。窗外，是西非：一条下水道般的小路、歪斜的破棚屋、莫名其妙的笑声。

楼下有个酒吧，断断续续开着空调，酒精和酸橙的香气混杂着娼妓的古龙水味，但我不去那里——我在无限期的禁酒中，这归功于迈克尔跟我谈的条件。没有了酒精，这些女人似乎失去了吸引力。

不管怎么说，我还没有百分之百恢复状态。肚子有点不舒服——那条该死的纽瓦达河。显然，某些微生物在重金属环境生活得不错。

不论如何，那一小部分没被影响的我目前感觉非常美妙。

我不需要酒，也不需要性。过去两小时我把头枕在一个装满现金的袋子上睡了一觉。十万美元。减去最近的开销。这包现金没多大，不过是个装着一千张钞票的塑料保鲜袋，但天哪，太舒服了，梦太甜美。

缇娜，我希望你逃出阿姆斯特丹了。希望你已经逃走。希望你没有干坐在那儿等待我的毁灭带来的辐射。

哈。“辐射”。

但缇娜，我是认真的：有一天，我会把一切写下来寄给你，我会把这最后的笔记放在最上面。我不知道发自内心的忏悔对你而言有什么用，也不知道它能否缓解我内心混合着的恐惧和愤怒……不管它有什么用，总有一天——整个故事我要从头到尾讲一遍。

故事的结局很宏大：我和迈克尔坐着一辆五十铃吉普去了布尼亚，天蓝色车身，纯白车顶，塞满了安息日会的信徒，这台无畏的机器载着大家飞速穿过风暴、坠机残骸、地震，我不知道还有什么，真的——整整两百公里的路程我都睡着，除了有几次我左边一个叫麦克斯的刚果年轻人把我叫醒，抱怨我把口水流到他肩上。旅程在布尼亚的安息日会教堂结束了，我们中有信仰的人走进教堂，剩下两个无主的灵魂，我和迈克尔，站在单车店的雨棚下，尝试在雨中制定出一个计划。

你要知道，缇娜，这还不是结束，我当时只有迈克尔·阿德力克，也就是说，我当时只有愤恨和怀疑——还有六十八小时，需要在此期间穿过四千八百公里。

迈克尔说：“我们戴上项圈，你和我。”

“狗项圈？我看起来像狗？”

“罗马领。①”

① 罗马领是绝大多数西方基督教神职人员衣着的一部分，为衬衣上的一个可拆式衣领，由两个饰钮紧固着。有时也被称为“狗项圈”。

“我看起来像神职人员？”

“我觉得被问起来的时候会有帮助。”

“这是个糟糕的掩护。谁都会想接近你。”

“你见谁接近那些安息日会的人了？我们直接从检查站走。”

“这我不知道，”我承认，“之前我睡着了。但你是认真的吗？”

“笑话而已。拜托，笑一笑吧。”

“我讨厌别人让我笑。这样的人让我恶心。”

“奈尔，我有个消息：明天下午我们会坐上去阿克拉的飞机。然后在第二天黎明降落在科托卡国际机场。”

“我不信。这是个惊喜吗？”

“用不了多久你就会相信我的。然后等我让你笑的时候，你就会笑。”

我们在公民酒店度过了那个夜晚，几乎一直在咖啡厅待着，还在那儿买了新衣服，也是在那儿，迈克尔趁机把我灌得酩酊大醉，让我保证以后不再喝酒，如果我们能及时赶到弗里敦完成交易的话——还有六十小时，地理位置依然没有变化。于是，我给了他我的承诺……我们房间有自己的水池。我吐在了里面。

第二天早上我躺在床上休息，或等死，而迈克尔出去寻找重启命运的齿轮，或是触碰一只魔眼——现在回望起来一切就是那么简单，只需要动动手指——好让他的脱身计划开始运转。

即使现在，在我写下这些字的时候，一切，或者说一切中的一部分已经变得不错了，我依然为迈克尔的戏剧化的故作神秘感到恼火。不得不说，他干得不错，我充满感激地承认这一点。我们从残骸中爬起，又走了出来，这全是迈克尔的功劳。我只是有点希望它不是。

十月二十九日中午，还剩五十二小时，我们用一张二十美元钞票雇下一辆车，三十分钟后抵达了布尼亚机场外的检查站。

穿着制服的安检人员向车里看了一眼，让我们从车里出来，把安检棒在我们身边挥了一遍，无视它的报警声，用靴子把几只山羊踢到一边，解开绳子让我们通过。

三根旗杆，两面低垂的旗帜，一条红土跑道，一个混凝土售卖亭。几个穿制服的男人在亭前游荡着，笑着。没有其他的了，只有一个带木质门廊的餐厅。我说："我一架飞机都没看到。"

"你看到那些穿加纳制服的人了吗？"

"我看到了制服。"

"加纳的。在这儿等着。先把钱给我。"

"多少？"

"所有的。想离开就得花钱。"

他把我留在咖啡厅。里面一个人都没有。这里有几张桌子，一个装满饮料的冷柜——没插电——但里面没有比可乐更有劲的东西。我灌下一杯温的。十分钟后迈克尔来找我。他什么都没喝就坐下了，说："等我们到了阿克拉，我会把你留在机场航站楼，自己去拿加纳护照。"

"太好了。"

"你想要外交护照还是因私护照？"

"每样一个。既然你要办，干脆顺便帮我办个医学文凭。"

“我很高兴你不相信我。这样一会儿会更有意思的。”

“能透露一下我们怎么过去吗？”

“去哪儿？”

“阿克拉啊，该死。”

“加纳空军，有为联合国开的航班。”

“联合国？他们的航班从来不准时。”

“你太消极了。这是找回来的一百八十美元。飞行员的开价很合理。”

在阿克拉的科托卡国际机场，他递给我一盒红纸包装的大G原味口香糖，说：“拿着，给自己找点事做。”接下来他进了城，完成了难以想象的事——虽然当时我允许自己去想，因为他都已经让我们走到了这一步，也因为两个穿深色商务西装的加纳老哥开着奔驰来航站楼接他。

我在那儿坐了很多个小时——我想是十五个小时——大约晚上十一点迈克尔才回来。

他在科托卡的售票厅找到了我，当时我正在给你写上一封信，写给达维迪亚，或者写给你，缇娜，或者写给你们俩……他在桌上排出四份加纳证件，我俩每人两份——一本因私护照，一本外交护照，都盖上了塞拉利昂、乌干达和利比里亚的签证。“我想来找你，好给你拍护照照片——但是那里刚好有个人，一个英国佬，看起来跟你一模一样。简直就是你的替身。他愿意替你拍照。”

“这照片看起来一点都不像我。”

“看起来跟你完全一样。”迈克尔坚持。

“当然一样了。对非洲人来说。”

我不能告诉你我的名字，缇娜。但不要寻找洛兰·奈尔。

“我出生在库马斯，而你出生在阿克拉。我们同一天生日，因为我们是兄弟。”

“但我没给你钱。”

显然他没有为此付钱。“我告诉过你——我救过总统一命。我告诉过你很多次。”

“我不记得这些谎言了。哪个总统？马哈马？这是他的名字吗？”

“不。是在二〇〇五年。约翰·库福尔总统。等没人的时候，我可以把裤子脱下来给你看。”

“怎么着？”

“我为他挡了一颗子弹。给你看伤疤。”

第二天早上六点，十月三十一日，我们登上了肯尼亚航空飞往弗里敦隆吉国际机场的航班。

整趟旅程，从悲伤的纽瓦达山到舒适的国家骄傲酒店，花了七十一个小时。

在飞机上，我说了些虽然出自我自己之口，却令我难以相信的话：“迈克尔，如果不坠机，我可以及时赶到。我们甚至可以提前五小时到弗里敦。”

还有一大堆难以预料的事在前方等着我，任何意外都可能令我们陷入困境，但是没关系。重新回到逃亡之路就是胜利。

“你的生意能赚多少?”

“什么?”

“你能赚多少，奈尔，多少钱?”

“十万美元。这是背叛了每一个人换来的。”

“但，奈尔——你没有背叛我。”

“不算背叛。还没来得及。”

“我们之间没有结怨。”

“我试图带走你的女人。”

“我把它当成一种赞美。”

在弗里敦着陆之后，迈克尔坐车去了国家酒店，而我坐了另一辆，先去帕拉迪餐厅做最简单也最开心的差事——拿回那个电子设备——然后去巴瓦奇，在那里等待我朋友的哈米德和他那装着十万美元的蓝塑料包出现。他用自己的电脑验货，我把钱放在我腿上，然后我们分道扬镳。没有握手。但未来如果有机会的话，我想我们还会合作。

昨天深夜，我和迈克尔跟一个男人在楼下酒吧见了面，租了一艘船，一艘大船。经验丰富的船长，充足的燃料，下一站——可以是任何地方。可能是阿比让。虽然我们都不怎么会说法语。

与此同时，我们把行动范围限制在这栋楼内，因为这里有太多人能认出迈克尔。我们住在一间两卧套房里。空调和电视很少能用——国家酒店没有发电机——所以这里很热，很无聊。作为娱乐，今天下午我观看了迈克尔用理发剪刀剪开手臂缝线，用牙把缝线拽出来的全过程。

我们会等午夜之后再离开。

也许是利比里亚。那里有很多可能性。我们会在那儿占领一片丛林和海滩，然后我会开始写些真假参半的记录，而迈克尔会制定出一两个征服全世界的计划。

我们不必就此扎根。也许我们会继续旅程。我和迈克尔都喜欢乌干达。为什么不呢？那里气候宜人。

两小时前我跟迈克尔分开时，他正在楼下酒吧，趴在一台笨重老旧的游戏机前，对游戏机喊：“噗啾！噗啾！噗啾！你们完蛋了，都给我死！”

对他而言，达维迪亚，你只不过是未婚妻五号。但对我而言。天哪。对我而言。

缇娜，你不止一次预言过我内心的冷漠总有一天会让你变成一个苦命的女人。我想，你选择我正是因为这个原因。你一定本就希望如此。如果你真的变得苦命，那是因为你有意变成那样，我想你不过是选择我作为你的道具。所以打住吧。不要一直在我脑海中重复这些了。

也许会去加纳。或者塞内加尔。不行还有喀麦隆呢。

或者我们会离开身后这片大陆，飞去科威特，迈克尔认为我们去那里会获得最热烈的欢迎。迈克尔今天早上跟我透露，他曾经花费数月为这个国家的埃米尔[1]——谢赫·萨巴赫四世·艾哈迈德·贾比尔·萨巴赫——从各方面重新整顿、精心打造他的个人安保系统，“因此让他多享了好多年福。”

我倾向于相信他的话。

[1] 阿拉伯国家的贵族头衔，可译作“总督”或“国王”。

图字:09-2024-0036 号

图书在版编目(CIP)数据

狂笑的野兽 / (美) 丹尼斯·约翰逊 (Denis Johnson) 著 ; 邹雨轩译. -- 上海 : 上海译文出版社, 2025. 7. -- ISBN 978-7-5327-9875-9

Ⅰ. I712.45

中国国家版本馆 CIP 数据核字第 2025YL5497 号

狂笑的野兽

[美]丹尼斯·约翰逊 著 邹雨轩 译
特约策划/彭伦 郭歌 责任编辑/徐珏 封面设计/甘信宇

上海译文出版社有限公司出版、发行
网址:www.yiwen.com.cn
201101 上海市闵行区号景路 159 弄 B 座
上海市崇明县裕安印刷厂印刷

开本 889×1194 1/32 印张 7.25 插页 2 字数 101,000
2025 年 7 月第 1 版 2025 年 7 月第 1 次印刷
印数:0,001—5,000 册

ISBN 978-7-5327-9875-9
定价:65.00 元